Grenze des Calvarischen Reichs

FEUERLAND
- Illuminet flamma -

...HES MEER

...ARIA

WELLENWANDERER
- Aqua in sanguine -

...CHES MEER

1. Auflage 2024
ISBN Print: 978-3-9505329-8-2

www.fairyland-verlag.at, office@fairyland-verlag.at

Autorin & Illustration: Renate Felderer Tintenheld
Layout, Satz & Herstellung: Fairyland Verlag e.U.
Printed in the EU

Gefördert durch das Land Niederösterreich

R. F. Tintenheld

DIE VÖLKER VON CALVARIA

II

Die Stille des ewigen Eises

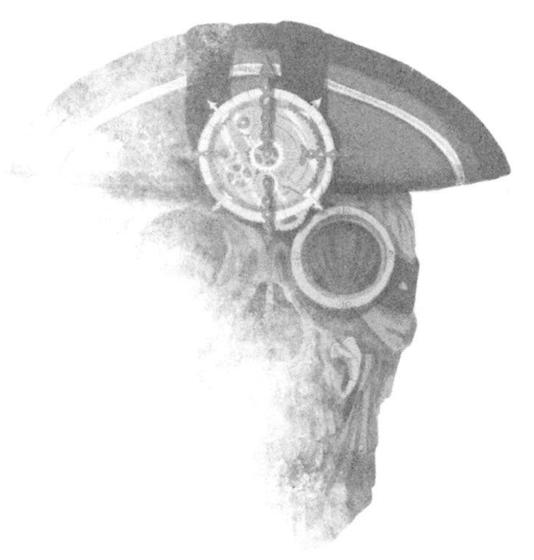

Fairyland

Renate Felderer – Tintenheld

Immer schon mehr Ronja Räubertochter als Cinderella!

„In meiner Kindheit verbrachte ich viel Zeit in der Natur. Zusammen mit meinen Freunden bauten wir Baumhäuser und versteckte Unterschlüpfe. Dabei tauchten wir in unserer Fantasie in kunterbunte Abenteuer ab und konnten sein, wer immer wir sein wollten. Das liebe ich am Schreiben von Fantasy-Geschichten. Wir reisen an magische Orte, begegnen fantastischen Wesen und bewältigen schier unmögliche Prüfungen. Diese Erfahrungen teile ich durch meine Bücher mit den Kindern und Jugendlichen, die sie lesen. Denn was wäre unsere Welt, wenn wir nicht an ein klein bisschen Magie glauben würden?

Das Schreiben von Geschichten hat mich schon in der Grundschule begeistert. Da war es auch kein Wunder, dass ich bei Schularbeiten statt der geforderten zwei Seiten gleich sechs verfasste. Was nicht immer von Vorteil war, denn so stieg die mögliche Fehlerquote natürlich auch an. Das Zeichnen und Illustrieren begleitet mich schon mein ganzes Leben lang. Wenn es draußen zu kalt oder zu regnerisch war, um selbst auf Abenteuerreise zu gehen, malte ich mir meine Fantasie-Welten einfach selbst – und das oft stundenlang!"

Renate Felderer lebt mit ihrem Mann, ihren zwei Kindern und den zwei Katzen in Südtirol. Als Autorin und Illustratorin hat sie ihre Passion zum Beruf gemacht. Bei Lesungen und Workshops lässt sie die Besucher in die Welt der Bücher eintauchen und hofft so, in den Kindern die Begeisterung fürs Lesen zu wecken.

An alle, die das Gefühl haben,
nicht mehr zu wissen, wer sie sind:
Hört auf euer Herz und spürt tief in euch hinein,
denn nur dort werdet ihr die Antwort
und das Abenteuer finden!

DIE VÖLKER CALVARIAS

Die Trockenländer

Ein Volk in den Dünen des Trockenlandes. Mit ihrem Segelschiff, der Terrana, können die Trockenländer in See und Sand stechen. Sie segeln wie alle Stämme aus Calvaria unter der Piratenflagge, aber auch unter ihrem eigenen Banner. Darauf zu sehen: eine Sonne hinter Sanddünen und ihr Leitspruch „Ad solem" (Der Sonne entgegen). Die Trockenländer können sich unsichtbar machen und verschmelzen durch Konzentration komplett mit dem Hintergrund.

Die Windisch

Das Volk der Windisch lebt im Windland. Sie segeln fast pausenlos mit ihrem metallischen Luftschiff, der Liberty, durch den Himmel. Nur selten legen sie an ihrem Heimathafen, einem Turm am Rande von Calvaria, an. Ihr Banner zeigt ein Flügelpaar am Himmel und ihren Leitspruch „Aperi alas" (Öffnet die Schwingen). Die Windisch besitzen eine Vielzahl an Apparaturen, unter anderem metallische Schwingen, die sie durch die Luft fliegen lassen.

Die Wellenwanderer

Das Volk der Wellenwanderer ist stets auf dem Wasser, ihre Heimat ist das Meer. Ihr Segelboot, die Fortune, ist das schnellste und wendigste Boot in Calvaria. Ihr Banner zeigt eine Welle und ihren Leitspruch „Aqua in sanguine" (Wasser im Blut). Die Kunst der Wellenwanderer ist das Beschwören von Wasser, eine sehr nützliche Gabe, wenn man auf den Meeren unterwegs ist.

Die Aquaticus

Ihr Volk lebt in den Tiefen des Meeres. Mit ihrem Unterwassersegelboot, der Balaena, können sie sowohl unter als auch auf dem Wasser segeln. Ihr Banner zeigt einen Walfisch und ihren Leitspruch „Profundum in mare" (Hinab in die Tiefen). Die Aquaticus sind sehr gute Schwimmer und können wie Fische unter Wasser atmen.

Die Feueraugen

Die Feueraugen leben im unwirklichen Feuerland, das nur aus Lava und Gestein bestehen soll. Ihr Schiff, die Flame, hält jedem Feuer stand. Bei den anderen Völkern sind die Feueraugen verhasst, weil sie sich nicht an den Piratenkodex halten. Ihr Banner zeigt eine lodernde Flamme und ihren Leitspruch „Illuminet flamma" (Flamme erleuchte).
Die Feueraugen sind die Herrscher des Feuers, nur durch Konzentration können sie Flammen erzeugen, zudem besitzen sie die Fähigkeit der Telepathie.

Elementarier

Die Elementarier sind ein besonderer Stamm, denn jeder Elementarier beherrscht mindestens zwei Elemente. Früher waren sie als große Flotte auf dem Calvarischen Meer unterwegs, aber als sich die anderen Völker gegen sie stellten, mussten sie untertauchen. Noch heute leben viele von ihnen unerkannt unter den anderen Völkern.

DIE ELEMENTAREN SIEBEN

Die Elementia ist ein ganz besonderes und wendiges Segelschiff und hat eine ebenso außergewöhnliche Besatzung. Denn sie besteht aus Mitgliedern verschiedenster Völker: aus Geschwistern, Freunden und vermeintlichen Feinden. Sie haben einen langen Weg hinter sich, auf dem sie gemerkt haben, dass sie gar nicht so verschieden sind. Die Kodex-Prüfung im Herzen Calvarias, die Kinder zu rechtmäßigen Piraten macht, hat sie zusammengeführt. Hierbei werden unter allen Bewerbern im richtigen Alter aus jedem Volk die fähigsten Anwärter ausgewählt. Zusammen erlernen sie dort die vier Grundregeln des Piratenkodex: einzuhaltende Disziplin, feindliche Angriffe und das Recht auf Aussprache, Einsatz von besonderen Fähigkeiten und Verteilung der Beute und Entschädigung. Die elementaren Sieben haben diese schweren Prüfungen und weitere gefährliche Abenteuer hinter sich. Sie geben für Außenstehende ein eigenwilliges Bild ab, denn eine Crew mit Mitgliedern aller Völker hat es in der Geschichte von Calvaria noch nie gegeben. Trotzdem konnten sie zusammen bereits eine dunkle Bedrohung zerschlagen und sind bald einer neuen auf der Spur.

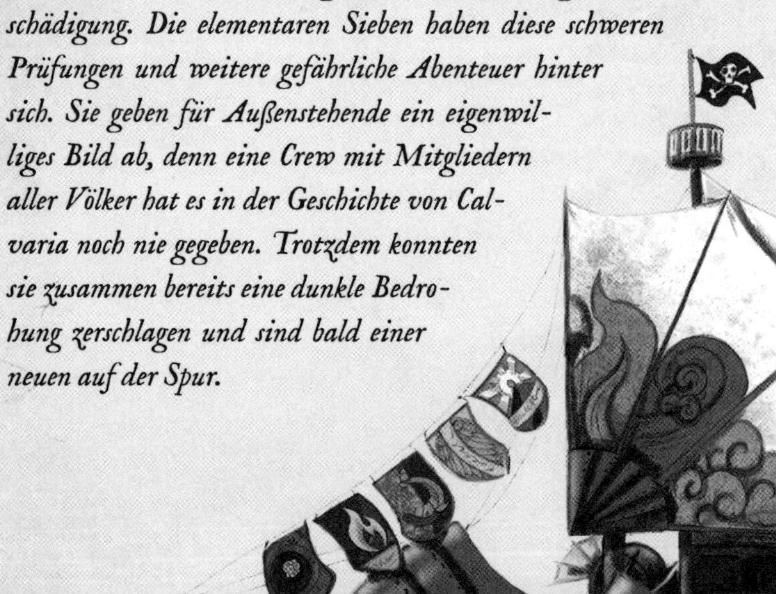

Arius Vane

Elementarier, 16 Jahre
Rufname: Shadow

Bruder von Saria (zumindest im Herzen)
nur seine Familie nennt ihn Arius

Arius, von allen außer seiner Schwester nur Shadow genannt, hat die Fähigkeiten der Feueraugen, sieht aber nicht so aus. Er hat weder rote Haare noch rote Augen. Denn er ist Elementarier und hat die Gaben der Trockenländer und Feueraugen. Da er aber im Trockenland aufgewachsen ist, trägt er die beige-braune Kleidung, die dort alle tragen, und er hat dichtes, schwarzes Haar. Bis vor Kurzem wusste er selbst nicht, dass er eigentlich Elementarier ist.

Saria Vane

Göttin der Meere, 14 Jahre
Rufname: Curly

Schwester von Arius (auch sie sieht das immer noch so)
nur ihre Familie nennt sie Saria

Saria Curly Vane ist zwar zusammen mit Arius bei seiner Mutter aufgewachsen, ist aber niemand Geringeres als Airas, die Göttin der Meere. An diesen Gedanken muss sich das Mädchen mit der dunklen Lockenmähne erst noch gewöhnen. Für ihre Crew-Mitglieder ist sie immer noch Curly, die quirlige Piraten-Frohnatur, die immer einen passenden Spruch auf den Lippen hat. Auch wenn alle genau wissen, wer sie wirklich ist, behandeln ihre Freunde sie nicht anders – und das ist auch gut so.

Billy Drake

Wellenwanderer, 16 Jahre
Rufname: Ocean

Stumm seit seiner Geburt

Ocean ist der Kapitän der Elementia. Durch seine besonnene Art hat er in der Vergangenheit bewiesen, dass er der richtige Pirat für diese Aufgabe ist. Da er stumm ist, reicht er seine Anweisungen mittels handgeschriebener Zettel an seinen Unteroffizier Arius weiter. Der gibt die Befehle dann an die Crew weiter. Ocean stammt aus dem Volk der Wellenwanderer und kann deshalb nur durch Konzentration Wasser unter Kontrolle halten.

Kalaico Kane

Windisch, 15 Jahre
Rufname: Feather

Feather hat seinen Namen nicht umsonst, denn dank seiner metallischen Flügel, wie sie jeder Windisch besitzt, kann er fliegen wie ein Adler. Anders als die anderen Völker von Calvaria besitzen die Windisch keine magischen Fähigkeiten, ihre Stärke liegt in ihren technischen Errungenschaften. Feather hat sich früher sehr oft darüber geärgert, keine Magie zu besitzen, inzwischen ist er aber viel ruhiger geworden und setzt auf seine Flugkraft und technischen Fertigkeiten.

Meriel Read

Aquasierin, 15 Jahre
Rufname: Tail

Tail stammt aus dem Volk der Aquaticus. Sie ist nicht nur schlau, sondern auch aufgeweckt und schlagfertig. Ihre Haut ist fast weiß, ihr Haar hellblau und ihre Kleidung schimmert wie Fischschuppen in der Sonne. Unter Wasser schwimmt sie mit einer unvorstellbaren Eleganz blitzschnell durch die Tiefen.

Damon Teach

Elementarier, 15 Jahre
Rufname: Darksoul

Kiera Teach

Elementarierin, 15 Jahre
Rufname: Fireeye

Zwillinge

Die Zwillinge haben die Fähigkeiten der Feueraugen und sehen auch genauso aus: rote Augen, rote Haare und schwarze Kleidung. Als Elementarier haben sie jedoch noch weitere Fähigkeiten, und zwar die der Aquaticus. Anfangs hielten die anderen sie für Feueraugen, aber das entpuppte sich nur als Tarnung. Zum Glück, denn die Feueraugen gelten als die fürchterlichsten Piraten unter der Sonne Calvarias.

TEIL I

DIE SPUR DER RUNEN

TEIL II

DIE MACHT DER AMULETTE

Prolog

Logbucheintrag, Sonntag, 28. April.

Die Elementia sticht endlich wieder in See. In den vergangenen Wochen haben sich die Ereignisse überschlagen und uns erneut alles abverlangt. Wir mussten unlösbare Aufgaben bestehen, fanden neue Verbündete und blickten sogar dem Tod in sein eisiges Gesicht. Kurz sah ich uns verloren, aber das Geheimnis um die Amulette hat uns immer wieder Kraft gegeben weiterzumachen. Wir haben so viel Neues erfahren und einige von uns haben alte Fesseln abgelegt. Nun steht uns ein neues Abenteuer bevor und wie immer zähle ich auf meine Gefährten. Ihnen vertraue ich blind, ja ich würde sogar durch die Hölle mit ihnen gehen. Aber wie sollen wir unser neues Ziel nur finden?!

TEIL I

DIE SPUR DER RUNEN

Drei Monate zuvor …

KAPITEL I

Das Fremde im Schatten

Klein und dreckig war das Zimmer, durch das gerade ein vermummtes Wesen schlich. Es gab nur ein einziges Fenster mit Erker. Dorthin setzte sich das Wesen und blickte auf die ihm fremde Umgebung. Der Raum war dunkel, nur in einer einzigen Ecke flackerte eine winzige Kerze. Aber der Bewohner des Zimmers war genügsam. Das Wesen war es gewohnt, mit wenig auszukommen, und brauchte nur das Nötigste.

Mit verschränkten Beinen und einem Buch auf dem Schoß konnte es die ganze Stadt überblicken. Doch auch wenn das Wesen eine menschliche Gestalt hatte, war es mit Sicherheit kein Mensch. Seine Kleidung erinnerte weder an die der Trockenländer noch an die der Windisch oder Wellenwanderer. Schon gar nicht an die der Feueraugen oder Aquaticus. Nein, das Wesen war so in Stoff eingehüllt, dass man nur noch seine Augen sehen konnte, die hellgrau zu leuchten schienen. Sein Anzug war aus einem ganz besonderen Material, Drachenleder. Ein edler Rohstoff, der schwer zu beschaffen war, da Drachen schon lange als ausgestorben galten. Doch war die Drachenhaut auch wegen seiner Eigenschaft berüchtigt, denn sie konnte sich der Umgebung anpassen. So wurde man zwar nicht

unsichtbar wie ein Trockenländer, aber das eigene Gewand passte sich automatisch jenem der anderen an: an die Kleidung der Trockenländer, wenn man sich im Trockenland aufhielt, oder an die der Aquaticus, wenn man in Aquasia war. So gelang es dem Träger, sich überall unerkannt zu bewegen.

Und genau das war das Ziel dieses vermummten Wesens. Schließlich war die Gestalt ein Mienai, ein Schattenwesen. Übersetzt bedeutet der Name „unsichtbar". Es gab nicht viele von ihnen und kaum ein Außenstehender wusste, dass es sie gab. Daher musste das Mienai sich unauffällig verhalten, denn sein Auftrag war äußerst wichtig. Würde es versagen, wären die Folgen für ganz Calvaria unsagbar.

Das Mienai öffnete das alte Buch auf seinem Schoß. Die silbernen Lettern waren auf dem abgewetzten Ledereinband nur noch schwach zu lesen. Es roch nach altem Papier, aber auch nach vergangenen Abenteuern. Schon seit Generationen war dieses wertvolle Buch in Besitz der Schattenwesen. Die Worte darin konnten nur die Mienai lesen, denn nur sie verstanden sich darauf, die Schriften der Alten Welt zu entziffern.

Immer und immer wieder las das Mienai den markierten Absatz. Die Zeilen hielten ihn schon seit vielen Nächten wach. Es war schwer, eine solche Last allein zu tragen, aber es wurde immer nur ein einziges Mienai ausgesandt. Nur so war es ihnen möglich gewesen, seit Anbeginn der Zeit unentdeckt zu bleiben. Ein schweres Los, aber zugleich eine besondere Ehre.

Das Mienai schloss das Buch wieder, es konnte die Worte inzwischen sowieso auswendig. Mit einem tiefen Seufzer lehnte es sich zurück an die Mauer. So friedlich lagen die Häuser vor ihm. Der Geruch von Salz und Fisch lag in der Luft und die fernen Klänge aus den Tavernen drangen nur bruchstückweise durchs offene Fenster. Keiner der Piraten da draußen schien zu ahnen, welch Unglück sie bedrohte. Niemand schien zu merken, dass nur ein einziges Mienai versuchte, die ihnen bekannte Welt zu retten.

Entschlossen stand das Mienai auf. Es war Zeit, sich an die Arbeit zu machen. Das Böse schläft nie, heißt es, obwohl das so nicht stimmt. Denn auch die stärksten Piraten und die furchterregendsten Kreaturen müssen schlafen. Ob alt, ob jung, ob reich oder arm, jeder schläft. Niemand wusste das besser als die Mienai, schließlich war es der Grundbaustein für ihre Gabe.

So setzte sich das Mienai mitten auf den Holzboden seines kleinen Zimmers. Es legte die Arme überkreuzt auf seine Brust und schloss die Augen. Still saß es da, fast, als würde es meditieren. Aber im Inneren musste es sich bis aufs Äußerste anstrengen, denn seine Gabe verlangte enorme Konzentration. Es bereitete sich auf eine Reise vor.

Plötzlich riss das Mienai seinen Kopf in den Nacken. Mund und Augen standen offen. Der Mund bewegte sich, ohne zu sprechen, und aus den Augen glühte weißes Licht.

Das Schattenwesen hatte sich auf seine Reise begeben. Schließlich schläft das Böse doch, und wer schläft, der träumt auch.

KAPITEL II

Fern der Heimat

„Kurs Nord-Nord-Ost!“ Arius Shadow Vane gab mit einem Zettel des Kapitäns in der Hand dessen Anweisungen an die Crew weiter. So war es mittlerweile zur Gewohnheit geworden.

Dann blickte er aufs offene Meer, ein perfekter Tag zum Segeln. Der Wind hatte etwas aufgefrischt, aber die morgendliche Sonne wärmte seine Haut. Tief atmete er durch. Er liebte den Geruch von Meersalz und den schwefligen Geruch von Feuer, der entstand, sobald er eine der kleinen Flammen auf seinen Handflächen tanzen ließ. Fünfzehn Jahre lang war er mit Stolz Trockenländer gewesen und hatte versucht, seine Fähigkeit der Unsichtbarkeit zu perfektionieren. Aber seit seiner Kodex-Prüfung im Herzen Calvarias war er seiner wahren Herkunft auf der Spur. Immerhin war Shadow, wie ihn alle nannten, mittlerweile sechzehn, also fast schon ein Mann, und als solcher wollte er sich selbst besser verstehen. Seinen Vornamen, Arius, nutzt nur noch seine Schwester. Das Nennen des Vornamens war außschließlich der nächsten Verwandtschaft gestattet. Arius' Mutter war eindeutig Trockenländerin, aber sein Vater war ihm noch ein Rätsel. Er musste genau wie Arius Elementarier sein. Nur so konnte er sich erklären, warum er diese Fähigkeiten hatte. Nachdenklich schaute er hoch zu seiner Schwester

Saria, die im Ausguck stand und ins Logbuch schrieb. Obwohl, durfte er sie überhaupt noch Schwester nennen?

Saria bemerkte den Blick ihres Bruders sofort. Dank ihrer jahrelangen Verbundenheit fühlte sie oft, wenn ihr Bruder an sie dachte. Denn ja, für sie würde Arius immer ihr Bruder bleiben, auch wenn sie seit Kurzem wussten, dass sie gar nicht verwandt waren. Das erklärte vielleicht auch, warum sie nie stritten, wie es ansonsten bei Geschwistern so oft der Fall war. Saria drückte ein in Leder gebundenes Buch an ihre Brust. Das Logbuch war ihr täglicher Begleiter, auch wenn es ihr, anders als ihr letztes Logbuch, keine direkten Ratschläge geben konnte.

Sarias Blick richtete sich zum Horizont. Sie bemerkte, dass das Meer unruhiger wurde, und machte sofort lautstark Meldung beim Kapitän, der direkt unter ihr den Kurs überprüfte. „Ocean, der Wellengang nimmt zu. Wir sollten vorsichtiger sein, bis ich mich dem Meer gewidmet habe."

Der Kapitän nickte Saria zu und breitete seine Arme aus. Als Wellenwanderer konnte er den Wellengang nur durch Konzentration unter Kontrolle halten. Augenblicklich flachten die Wellen rund um die Elementia ab und das Segelschiff konnte ohne Schwierigkeiten weitersegeln.

In der Zwischenzeit fegte Feather wieder mal mit großer Hingabe das Deck. Denn seit sie wieder zusammen unterwegs waren, schrubbte er täglich das ganze Schiff, um sein schlechtes Gewissen zu beruhigen. Schließlich waren sie seinetwegen fast alle gestorben. Zwar überkam ihn hie und da noch eine Spur Eifersucht auf die magischen Fähigkeiten seiner Freunde, aber er versuchte sich dann für sie zu freuen. Mal mehr, mal weniger erfolgreich.

„He, nicht nur innere Kreise malen, du musst mit der Maserung schrubben!“ Die schöne Tail schüttelte ihre hellblauen Haare, während sie Feather zuzwinkerte. Sie liebte es, ihn aufzuziehen. Die Stimmung an Bord war sowieso meist heiter, denn sie waren ja nicht nur Piraten, sondern vor allem Freunde.

„Leute, ich mach mich mal an die Arbeit.“ Saria kletterte aus dem Ausguck und machte sich auf den Weg unter Wasser. Seit sie wusste, dass sie die Göttin der Meere war, verbrachte sie täglich ein paar Stunden im Ozean, um ihre Kräfte zu studieren.

Saria sprang von Bord, direkt hinein ins tiefblaue Meer. Sofort bildete sich eine Art Luftblase um ihren Kopf, die es ihr erlaubte, auch für längere Zeit unter Wasser zu bleiben. Im ersten Moment fühlte sich das Wasser kühl an, aber sofort umschloss es sie wie eine weiche Decke. Immer noch spürte sie ein Kribbeln am ganzen Körper, sobald sie im Wasser war. So lange hatte sie geglaubt, Trockenländerin zu sein, und nun liebte sie nichts so sehr wie das kühle Nass.

Nahe der Oberfläche war das Meer kristallklar und man konnte jede Einzelheit erkennen. Tauchte man weiter ab, wechselte es von Hellblau zu Türkis und schließlich zu Tintenblau. Die tiefsten Stellen waren in schwarze Dunkelheit gehüllt. Während Saria weiterschwamm, wanderte ihr Blick umher. Unzählige magische und nichtmagische Wesen lebten hier. Leuchtende Pflanzen, angriffslustiges Seegras, Hippokampen und eine Vielzahl an Fischen aller Farben und Größen. Jeden Tag entdeckte Saria etwas Neues. Die Meeresströmungen waren manchmal angenehm warm, dann plötzlich erfrischend kühl. Und auch das Wasser selbst war lebendig. Manchmal war es sanft und ruhig und manchmal dunkel und aufgewühlt. Es lag an Saria, dem Meer zu ermöglichen, seine Gefühle auszuleben. Sanft ließ sie ihre Finger durch das kühle Nass gleiten. Sie konnte nicht immer dafür sorgen, dass der Ozean ruhig blieb, denn auch er musste sich manchmal austoben. Ihre Fähigkeiten als Göttin der Meere erlaubten ihr, nur durch Konzentration eine Verbindung zu ihm herzustellen. Sie spürte, was er brauchte, und half ihm mit ihrer Magie, es auszuleben. Das Amulett des ewigen Meeres unterstützte sie dabei, sich zu konzentrieren, und verstärkte ihre Kräfte.

Saria tauchte tiefer, bis auf den sandig-weichen Boden. Dort gab es Muscheln und Steine und kleine Krebse krabbelten herum. Mithilfe eines Steins auf dem Schoß setzte sie sich. Sie schloss die Augen, legte eine Hand auf ihr Amulett und konzentrierte sich. Jedes Mal überraschte sie das seltsame Gefühl, eins mit dem Meer zu werden. Im ersten Moment war es wie ein Lichtblitz, der sie durchfuhr, aber gleich darauf fühlte sich Saria, als bestünde sie nur noch aus Wasser. Sie bewegte sich mit der Strömung hin und her, schmeckte Salz und roch Algen. Schon bald nahm sie die Gefühle des Ozeans in sich auf. Er hatte gute Laune. Es würde reichen, wenn sie zuließ, dass er kleine, lustige Wellen schlug. Saria aktivierte ihre magischen Kräfte und kanalisierte so die Gefühle des Meeres, das sofort anfing, lustig zu tanzen. Wie eine Art Medium half sie dem Meer zu verstehen, was es eigentlich brauchte.

Sobald Saria ihre Aufgabe erledigt hatte, schwamm sie mit kräftigen Zügen zurück zur Elementia. Ihre Ausflüge unter Wasser fühlten sich für Saria nur wie Minuten an, aber sie wusste, dass sicher schon eine Stunde vergangen war. Saria betrachtete die Elementia von unten, der Anblick war für sie immer noch besonders. Es war ein kleines, aber schnelles Schiff, mit fächerartigen Segeln. Sie zeigten je eine Welle, einen Windhauch und eine Flamme. Zudem gab es zu beiden Seiten Antriebsrotoren, die das Schiff mithilfe von Mechanik noch schneller machten. Die Elementia war für die Freunde mehr als ein Segelboot, es war ein Zuhause. Weit entfernt von ihren Heimatvölkern hatten sie ihr Glück gefunden. Denn ein Pirat war nur auf dem Meer zu Hause, nur dort war er wirklich frei.

Saria war schon fast an der Oberfläche angekommen, da begegnete ihr eine Herde Hippokampen, halb Pferd, halb Fisch. Beeindruckende Tiere, die schnell schwimmen und hohe Luftsprünge machen konnten. Die Mähnen, die im Wasser tanzten, und das Spiel ihrer starken Muskeln wirkten im dunklen Blau fast gespenstisch. Saria konnte es kaum erwarten, noch mehr der Unterwasserkreaturen kennenzulernen.

Zurück an Bord, fand sich die Crew zur Lagebesprechung ein. Sie hatten noch keinen konkreten Plan, aber sie wussten, es gab noch viele Geheimnisse aufzudecken. Zum einen wussten sie noch kaum etwas über das wertvolle Amulett, das Saria trug, zum anderen hatten sie noch nicht herausgefunden, wer Arius' Vater war.

Arius sprach wie gewohnt für den stummen Ocean: „Der Kapitän meint, wir sollen den Kurs halten. Laut Karte sollten wir bald an einer kleinen Insel vorbeikommen. Dort können wir Halt machen und unsere Trinkwasserreserven auffüllen."

„Gute Idee, dann können wir uns auch mal wieder die Beine vertreten und …" Darksoul konnte den Satz nicht zu Ende bringen, denn seine Zwillingsschwester Fireeye schrie erschrocken auf. Der Grund dafür war ein Schiff, das auf sie zukam, es segelte unter der Flagge der Feueraugen.

KAPITEL III

Das Spiel mit dem Feuer

Die Feueraugen waren der Elementia inzwischen sehr nahe gekommen.

Ocean kritzelte in Windeseile seine Anweisungen auf einen Zettel und reichte ihn an Arius weiter. „Zu den Waffen, alle auf ihre Verteidigungsposten!“

Schnell stellte sich die Crew strategisch an Deck auf. Sie hatten den Notfall schon oft geprobt. Alle ohne eigene Feuerkraft griffen sich ihre Musketen und Säbel.

Saria, zurück im Ausguck, gab ihre Beobachtungen an ihre Freunde weiter. „Sie kommen schnell näher. Gleich wird's brenzlig!“ Ungläubig schaute sie noch mal durchs Fernrohr. „Ihr werdet nicht glauben, wer da auf uns zukommt.“

Saria musste den anderen nichts Weiteres erklären, denn das feindliche Schiff war bereits so nahe, dass auch sie die Feueraugen-Besatzung an Deck erkennen konnten.

Arius durchfuhr ein wütendes Brennen. „Nicht die schon wieder! Wie kann das sein? Waren sie nicht auch Mitglieder des inneren Kreises und wurden verbannt?“

Feather schüttelte den Kopf. „Dann wären sie wohl nicht mehr hier und ich habe sie auch bei keiner Versammlung gesehen.“

Vorne am Bug der Feueraugen stand eine altbekannte Kapitänin. In Schwarz gekleidet, mit dem Brandmal in ihrem böse grinsenden Gesicht. Schon ihr Anblick löste bei der Crew Gänsehaut aus, denn sie kannten diese Piratin. Bei den letzten beiden Zusammentreffen hatte sie fast die Elementia samt Crew abgefackelt.

„Die Rechnung begleichen wir heute!", rief Arius und machte sich kampfbereit. „Sie werden uns unterschätzen. Sie wissen nicht, wie viel stärker wir geworden sind."

Das laute Krachen einer einschlagenden Feuerkugel kündigte den Beginn des Kampfes an. Gleich würden die ersten Feueraugen die Elementia entern. Aber diesmal waren die jungen Piraten vorbereitet. Sie hatten gelernt, ihre Gaben bestmöglich einzusetzen.

Fireeye, Darksoul und Arius, die drei Feuerbeschwörer, standen im Dreieck übers ganze Deck verteilt, Arius machte sich zusätzlich unsichtbar. So konnten sie jeden Feind, der entlang der Reling auf das Schiff kam, sofort bekämpfen.

Gerade stürmten die ersten Feueraugen mithilfe von Seilen und Brettern die Elementia. Sie schrien wie wild gewordene Affen und das Feuer spiegelte sich in ihren roten Augen.

Die drei Elementarier konzentrierten sich. Sie spürten, wie das heiße Feuer durch ihre Adern floss. Es war wie das Gefühl, wenn man zu heiße Suppe verschluckte; man spürte genau, wie die Hitze durch den Körper floss. Beängstigend und bestärkend zugleich. Schließlich schoss das Feuer mit unbändiger Kraft aus ihren Handflächen und die ersten Angreifer fielen vor Schmerz aufschreiend über Bord.

Doch die feindliche Crew war in der Überzahl und so stürmte

gleich der nächste Trupp laut johlend das Schiff. Damit die Elementarier neue Kraft sammeln konnten, übernahmen diesen Trupp Ocean und Saria. Zusammen nutzten sie ihre Macht, das Meer zu beeinflussen. Ocean breitete seine Arme aus und konzentrierte sich. Seine Magie schob das Wasser zu einer großen Welle zusammen. Während Ocean eher versuchte, das Wasser zu bändigen, war es bei Saria ein leises Bitten, mit dem sie zusammen die riesige Welle erschufen. Andächtig schloss Saria die Augen und konzentrierte sich. „Bitte, hilf uns." Sobald sie ihre Bitte in Richtung Meer geschickt hatte, spürte sie ein Kribbeln im ganzen Körper. Das Wasser hatte sie gehört. Sarias Verbindung zum Meer war so stark, dass sie es nicht beeinflussen musste, es reichte zu fragen. Urplötzlich ragte die Welle neben der Elementia aus dem Meer. Auf Zurufen von Saria hielten sich ihre Freunde alle fest. Die Angreifer jedoch wurden mit voller Wucht von der Welle getroffen. Das Wasser schleuderte sie umher wie Marionetten und spülte sie von Bord. Der Feueraugen-Kapitänin war inzwischen das Grinsen vergangen. Sie hatte sich diesen Angriff leichter vorgestellt. Mit hasserfülltem Geschrei führte nun sie selbst die letzte Angriffswelle an.

Mittlerweile war auch Saria aus dem Ausguck geklettert, um sich zusammen mit Tail dem direkten Kampf, Pirat gegen Pirat, zu stellen. Denn auch den Schwertkampf beherrschten die Freunde inzwischen recht gut. Zwar schossen die Angreifer weiter mit ihren Feuerbällen, aber da die Freunde unbedingt vermeiden wollten, dass das Schiff wieder abbrannte, verzichteten sie auf die eigene Feuerkraft. Die Luft war vom metallischen Geräusch sich kreuzender Säbel und dem Geruch nach Schwefel erfüllt.

Saria und Tail schlugen sich gut, aber Darksoul kam in Bedrängnis. Gleich drei Feueraugen umkreisten ihn. Immer weiter zogen sie die Schlinge zu. In dem Moment öffnete Feather auf Knopfdruck seine metallischen Schwingen und stürzte aus seinem Versteck. Wie ein Adler schoss er auf die Angreifer zu und riss gleich zwei mit in die Luft. Wild schreiend baumelten sie kurz über der Elementia, bevor Feather sie ins Wasser warf.

Die feindliche Kapitänin kochte vor Wut und stürmte auf Saria zu, die kurz von Feathers Angriff abgelenkt war.

„Curly, pass auf!" Feather hatte den Angriff noch rechtzeitig aus der Luft gesehen.

Schnell wirbelte Saria herum. Die Kapitänin stand bereits dicht vor ihr, mit glühenden Augen und zwei Flammen auf ihren Handflächen.

„Jetzt entkommst du mir nicht mehr!" Böse schnaufend hielt sie die Flammen an Sarias Arme. Saria schrie auf, als das Feuer an ihren Unterarmen leckte. Sofort spürte sie das Brennen und die unerträgliche Hitze. Trotz des Schocks wusste sie sofort, was zu tun war, und schubste die Angreiferin mit einem kräftigen Fußtritt nach hinten.

Die Kapitänin setzte erneut an, um einen Feuerball auf Saria zu schießen, als sie plötzlich innehielt. Mit weit aufgerissenen Augen starrte sie auf Sarias Hals.

„Sie hat eins der Amulette!", sagte sie mehr zu sich selbst als zu einem ihrer Crew-Mitglieder, denn die waren alle über Bord gegangen oder hatten sich auf ihr Schiff zurückgezogen.

Ocean nutzte die Unachtsamkeit der Feueraugen-Piratin und überrumpelte sie. Es entstand ein wildes Handgemenge. Ocean wollte sie weiter Richtung Reling lenken, um sie über Bord zu werfen. Aber im letzten Augenblick griff sich die Kapitänin den Kragen von Oceans Jacke und riss ihn mit sich über Bord.

Die Crew schrie auf. Zwar konnte Ocean als Wellenwanderer das Wasser beschwören, aber er konnte nicht unter Wasser atmen wie die Aquaticus.

Ohne zu zögern, sprang Tail mit einem vollendeten Hechtsprung hinterher. Die übrige Crew beugte sich über die Reling und starrte in die Tiefe.

Dank Tails Schwimmkünsten dauerte es nicht lang und die zwei tauchten aus dem Meer auf. Sie mussten es aber noch weiter im Wasser aushalten, weil Feather gerade noch auf geheimer Mission unterwegs war. Denn während die Piraten sich noch gegenseitig aus den Fluten zogen, war er an Bord des feindlichen Schiffs gegangen, um nach Beute zu suchen. Erfreulicherweise fiel ihm eine kleine Truhe voller Silbermünzen in die Hände. Am Ende waren auch sie Piraten und ohne Gold und Silber kam man auch in Calvaria nicht weit. Schnell flog er damit zurück auf die Elementia.

Als er seine Freunde im Wasser sah, öffnete er erneut seine Flügel und holte Ocean gekonnt zurück an Bord. Tail war inzwischen selbst bis zu der Außenleiter der Elementia geschwommen und konnte mit letzter Kraft an Deck klettern.

Ocean bedeutete seiner Crew, sich so schnell wie möglich aus dem Staub zu machen. Die Freunde ließen sich nicht lange bitten und segelten schnellstmöglich weiter.

Endlich war ihnen ein Sieg gelungen. Endlich hatten sie diese vermaledeiten Feueraugen bezwingen können. Zweimal hatten diese Feueraugen in der Vergangenheit die Elementia angegriffen. Beide Male war sie fast ihren Flammen zum Opfer gefallen, aber dieses Mal waren sie stärker gewesen. Aber es war nicht der Sieg, der in Saria plötzlich ein aufgeregtes Kribbeln auslöste, es war das, was die Kapitänin zu ihr gesagt hatte.

„Sie hat EINS der Amulette!“

KAPITEL IV

Das Amulett

Sobald sich die Elementia wieder in ruhigen Gewässern befand, kam die Crew zusammen, um beim Abendessen ausgelassen über alles zu sprechen.

Die Kombüse der Elementia war klein, aber der klobige Holztisch in der Mitte war groß genug, damit alle Crew-Mitglieder Platz fanden. Laternen und Kerzen sorgten für ein warmes, schummriges Licht und die Düfte aus den großen Kochtöpfen ließen einem sofort das Wasser im Mund zusammenlaufen. Den Küchendienst hatten die Crew-Mitglieder untereinander aufgeteilt, so gab es jeden Tag Spezialitäten aus einem anderen Land. Diesmal war Darksoul mit dem Kochen dran und deshalb gab es feuriges Grillfleisch mit Bratkartoffeln.

Feather hob grinsend seinen Krug, um auf den Sieg anzustoßen. „Die haben heute ihr blaues Wunder erlebt. Die hatten keine Chance!“ An diesem Tag hatte er gemerkt, wie wichtig auch seine Fähigkeiten waren. Auch wenn sie nicht magisch sein mochten, hatte er einen bedeutenden Beitrag zu diesem Sieg geleistet.

Auch die anderen Piraten stießen zufrieden mit ihren Krügen an.

Arius fühlte sich zum ersten Mal seit Langem mit sich selbst im

Reinen. Er hatte solche Schwierigkeiten gehabt, die Fähigkeiten der Feueraugen zu erlernen. Doch diesmal hatte alles geklappt. Er hatte das Feuer perfekt kontrolliert und stand den anderen beiden Elementariern in nichts mehr nach.

„Es steckt wohl mehr von deinem Vater in dir, als du dachtest!" Fireeye zwinkerte Arius zu und schob sich einen großen Bissen Grillfleisch in den Mund. Da in den drei Elementariern ein Feueraugen-Teil steckte, konnten sie nicht nur das Feuer beschwören, sondern beherrschten auch die Kraft der Telepathie. Fireeye, Darksoul und Arius konnten untereinander also durch Gedankenübertragung kommunizieren. Das war oft eine große Hilfe, aber man musste sich auch sehr anstrengen, wenn man etwas nur für sich behalten wollte.

Arius zuckte nur mit den Schultern. Das Thema Vater war noch immer nicht leicht für ihn. Er wusste so wenig über ihn, hatte nur Vermutungen. Einerseits wollte er so viel wie möglich über seinen Vater erfahren, andererseits sagte ihm ein seltsames Gefühl, dass er es lieber lassen sollte.

Saria riss Arius aus seinen Gedanken. „Habt ihr gehört, was diese Kapitänin zu mir gesagt hat, während sie mich gegrillt hat?"

Die Piraten schauten Saria verwirrt an.

„Ihr kriegt aber auch gar nichts mit!" Sie verdrehte übertrieben die Augen. „Sie sagte: Sie hat eins der Amulette!"

Tail hob fragend ihre Augenbrauen. „Und was soll daran so spannend sein?"

„Sie sagte, EINS der Amulette. Was wird das wohl heißen?"

Arius' Augen blitzten auf, schnell legte er sein Besteck zur Seite. „Dass es mehr als eins gibt!"

„Bravo, Bruderherz! Das heißt, mein Amulett des ewigen Meeres ist nicht das einzige Amulett mit magischen Fähigkeiten."

Ocean beschrieb einen Zettel und reichte ihn Arius.

„Ocean fragt sich, ob es wohl mehrere Amulette des ewigen Meeres gibt oder ob es verschiedene Amulette sind."

Das konnten ihm die anderen natürlich auch nicht beantworten.

„Saria, lass mich bitte mal das Amulett sehen", bat Arius und nahm die Kette mit dem Anhänger von seiner Schwester entgegen. Es war ein fein gearbeiteter Anhänger mit einer Muschel, die von zwei Wellen umschlossen wurde. Er war mit Steinen besetzt und ganz aus Gold.

„Ich kann keine Gravierungen oder andere Hinweise entdecken." Arius gab das Amulett seiner Schwester zurück.

Saria strich liebevoll über den Anhänger. Er hatte ihnen den Sieg über den Inneren Kreis ermöglicht. Das Amulett hatte sich damals wie von selbst aktiviert, anscheinend gab es seine stärksten Kräfte nur frei, wenn sie wirklich gebraucht wurden.

„Was hast du bloß für ein Geheimnis?", dachte sie sich, während sie über die zwei Wellen strich.

Plötzlich ertönte ein metallisches Klicken.

Tail japste erstaunt auf. „Was war das?"

„Das Amulett!" Saria zog leicht an den zwei Wellen und die Muschel in der Mitte klappte nach unten.

„Natürlich! Es ist ein Amulett und Amulette lassen sich öffnen." Saria starrte auf den Anhänger. Im Inneren waren drei Symbole zu sehen. Es waren krakelige Striche, die alten Runen glichen. Sie wirkten schon etwas abgewetzt, sicher waren sie vor sehr langer Zeit eingraviert worden.

„Wisst ihr, was das heißen soll?" Saria legte das Amulett in die Tischmitte. Alle Crewmitglieder beugten sich darüber.

„Keine Ahnung!", antworteten die anderen wie aus einem Mund. Außer Ocean natürlich, der schüttelte den Kopf.

Arius analysierte wie gewöhnlich die Situation. „Es scheint sich um alte Runen zu handeln. Wahrscheinlich steht jede Rune für ein Wort oder einen Gegenstand oder vielleicht für Orte. Oder sie stehen für die Amulette selbst."

Tail nickte. „Ich habe schon oft über alte Runen-Schriften gelesen. In der Versunkenen Bibliothek gibt es einige Bücher darüber. Aber diese hier sind sehr seltsam."

Ocean beschrieb schnell seinen nächsten Zettel.

„Der Kapitän meint, wir sollten Kurs Richtung Versunkene Bibliothek einschlagen. Wenn wir irgendwo Informationen finden, dann dort."

Feather hatte noch eine weitere Idee. „Vielleicht sollten wir uns aufteilen. Alle, die unter Wasser atmen und schnell schwimmen können, tauchen zur Bibliothek, die Übrigen könnten ins Herz von Calvaria segeln und sich dort umhören!"

Der Vorschlag klang gut, so konnte die kleine Crew in kürzester Zeit so viele Informationen wie möglich zusammentragen.

Eine letzte Anweisung reichte Ocean noch an Arius weiter. „Der Kapitän meint, wir können direkt Kurs auf Calvaria nehmen. Wir müssen nicht zuerst auf die Versorgungsinsel, denn auf der Hauptinsel finden wir schließlich alles, das wir brauchen."

Da es schon spät war, legten sich alle außer Darksoul, der die erste Nachtwache übernahm, in ihre Kajüten. Früh am Morgen würden sich ihre Wege trennen, um dem Rätsel der Amulette auf die Spur zu kommen.

KAPITEL V

Jemand macht sich auf den Weg

In seinem kleinen Zimmer mit dem Erkerfenster packte das Mienai seine wenigen Sachen zusammen und durchdachte seine Strategie. Die letzten Nächte waren aufschlussreich gewesen. Nun galt es, weitere Informationen zusammenzutragen, um den Auftrag bestmöglich auszuführen. Da seine Gabe nur auf einen bestimmten Umkreis begrenzt war, musste es immer weiterziehen und seinen Zielen so nah wie möglich sein. Dank seiner menschlichen Gestalt fiel es zum Glück kaum auf. Denn Schattenwesen unterschieden sich in der Hier-Welt nur dadurch von Menschen, dass sie keinen Schatten warfen. Ein kleines Detail, das niemandem so schnell auffiel.

Sein nächstes Ziel stand bereits fest, ein ihm unbekannter Ort.

Bis vor Kurzem hatte er bei seiner Sippe gewohnt und die Mienai lebten fernab von Calvaria auf einer Insel. Besser gesagt in einer Insel. An der Oberfläche ähnelte sie den unzähligen palmenbesetzten Ländern um sie herum, aber unter der Oberfläche wartete eine ganz andere Welt. Hunderte von Gängen und Räumen führten durch die Tiefen, fast wie bei einem Tierbau, aber größer und voller Steinsäulen. Dort gab es kaum störende Geräusche und auch Wind und Wetter konnten die Konzentration nicht unterbrechen. Es wurde viel meditiert und nicht gesprochen. Jeder hatte seine eigene Höhle und selbst beim Essen fielen nur die nötigsten Worte. Dieses Leben bereitete sie gut auf ihre Reisen vor, denn dort, wo sie des Nachts hingingen, waren sie ebenfalls allein. Dort durften sie auf keinen Fall auffallen, mussten unsichtbar bleiben. Schatten in der Nacht.

Das Mienai hatte nun alles gepackt. Viel war es nicht, das Mienai reiste nur mit leichtem Gepäck. Aber etwas Proviant und sein Buch fanden trotzdem Platz in seinen Taschen. Es schlich durch die schmalen Gassen, überquerte die vollen Plätze und traf fortwährend auf Piraten. Aber keiner schien es wahrzunehmen, das Wesen gehörte einfach dazu. So kam es schnell zum Hafen, wo bereits eine Vielzahl an Schiffen vor Anker lag. Es herrschte wie gewohnt raues Treiben. Piraten beluden und entluden Schiffe, es wurde gepöbelt und höhnisch gelacht. Das Schattenwesen ging zu dem Schiff, das es für seine Reise auserkoren hatte und auf dem reger Betrieb herrschte. Die Mannschaft belud gerade den Frachtraum mit Lebensmitteln. Das Mienai schnappte sich einfach einen der schweren Säcke, warf ihn sich über die Schulter und brachte ihn an Bord. Sobald es die Planke betrat, verwandelte sich das Drachenleder seines Anzugs in die Kleidung, die auch alle anderen an Bord trugen. Niemandem fiel der Neue an Bord auf. Sie waren es gewohnt, dass in den Häfen neue Besatzungsmitglieder angeworben wurden. Gerade hier im Hafen von Calvaria war es nichts Besonderes.

Das Mienai belud das Schiff zusammen mit der Mannschaft, bis alles verstaut war. Anschließend ließ es sich vom Unteroffizier anweisen. Es war ein Kinderspiel gewesen, sich einzuschleichen, nun galt es, den nächsten Schritt seines Plans umzusetzen. Der war schon etwas schwieriger.

Das Schiff segelte los und bevor die Nacht einkehrte, konnte das Mienai nichts tun. Also schrubbte es das Deck. Eine gute Aufgabe für den Anfang, denn nur die einfachsten Piraten schrubbten den ganzen Tag und diese Piraten beachtete niemand. Zudem war es eine beruhigende Aufgabe. Der ständig gleiche Ablauf entspannte das Wesen, das den Lärm, der an Bord herrschte, nicht gewöhnt war. Ständig schrie jemand Befehle umher, die Segel flatterten, die Maschinen arbeiten und die Piraten unterhielten sich oder sangen alte Seemannslieder.

Langsam brach die Dämmerung über dem Calvarischen Meer herein und die Mannschaft begab sich in die Kantine. Das Mienai schnappte sich ein Stück Brot und einen Krug Wasser und setzte sich damit abseits der anderen. Der Lärm war unerträglich. Das Schmatzen, das Gelächter und das Geschrei brachten seine Gedanken ganz durcheinander. Es sehnte sich nach seiner ruhigen Höhle und dem lautlosen Zusammenleben mit Seinesgleichen.

Endlich wurden die Piraten müde. Als schließlich auch der letzte Pirat satt war, zog sich die Mannschaft in ihre Kajüten zurück. Das Mienai legte sich in seine Hängematte und wartete ab. Erst als der ganze Schiffsbauch mit Schnarchen erfüllt war, stand es auf. Es suchte sich einen geeigneten Platz. Ganz hinten standen ein paar Fässer und ein paar akkurat aufgerollte Taue lagen davor. Dahinter befand sich ein finsteres Eck, das kaum einzusehen war. Das Wesen kletterte über die Taue und Fässer und setzte sich in den dunkelsten Winkel.

Es verschränkte seine Arme vor der Brust, atmete tief durch

und schloss die Augen. Nun galt es, sich zu konzentrieren. Lange dauerte es nicht und sein Kopf klappte zurück in den Nacken. Das weiße Glühen in seinen Augen erhellte kaum merklich sein durchdachtes Versteck.

KAPITEL VI

Tief im Meer

Bevor die Elementia in den Hafen von Calvaria einlief, wollte Saria noch einen Ausflug ins Meer unternehmen. Wie so oft begleitete sie Tail, die sich gut unter Wasser auskannte und ihr so schon einiges gezeigt hatte. Die Freundinnen wussten, das Rätsel der Amulette zu lösen, hatte Priorität, aber wenn Saria nicht mal das eine Amulett beherrschte, halfen ihnen weitere wahrscheinlich auch nichts.

Elegant sprangen die zwei Piratinnen über Bord und tauchten in die Tiefen des Calvarischen Meeres. Heute schien es besonders klar. Im angenehm warmen Türkis schwammen unzählige Fische umher. Saria versuchte vergeblich, mit Tail mitzuhalten, der man die lebenslange Übung anmerkte. „Du schwimmst wie eine Meerjungfrau", rief Saria ihr zu. Dank ihrer Luftblase konnte sie problemlos unter Wasser sprechen, auch wenn ihre Stimme leicht gedämpft klang. Bei Tail hingegen war die Stimme klar wie über Wasser, denn Aquasier waren ja für das Leben im Meer geschaffen.

Doch jetzt stoppte Tail abrupt. „Nenn mich nie mehr eine Meerjungfrau! Hast du eine Ahnung, wie gefährlich die sind? Dagegen sind Atlantiden die reinsten Haustiere."

Saria staunte. Zum einen hatte sie nicht wirklich geglaubt, dass es Meerjungfrauen gibt, zum anderen wusste sie, wie furchterregend Atlantiden sind. „Denen willst du auf keinen Fall begegnen“, fuhr Tail fort. „Aber keine Sorge, die wohnen nur in den tiefsten Tiefen, so weit tauchen wir nicht ab. Aber zurück zu unserer Erkundungstour: Ich zeige dir heute ein paar ungewöhnliche Genossen.“ Tail bedeutete ihrer Freundin, ihr zu folgen.

Genüsslich schwammen sie immer weiter, bis sie zu einem kleinen Riff kamen. Das Riff war bunt wie eine Blumenwiese. Korallen in allen möglichen Formen und Farben wuchsen auf dem teils sandigen, teils steinigen Untergrund. Tail und Saria schwammen nahe ans Riff und Tail deutete nach vorn.

Saria schaute wenig beeindruckt. „Aha, Muscheln. Schön, groß, aber nicht gerade spektakulär.“

Tail grinste. „Na, dann warte mal ab.“

Sie nahm einen langen Stock in die Hand und tippte auf eine der „Muscheln“. Prompt sprang sie hoch. Denn in Wirklichkeit war es ein Lebewesen mit sechs Beinen, ähnlich denen von Krabben. Und während es auf die Mädchen zukam, klapperte es mit seinem muschelartigen Mund. Es sah aus wie eine Muschel auf Beinen.

„Darf ich vorstellen? Ein Beißer. Der Name erklärt sich von selbst.“ Tail grinste und tippte noch ein paar Beißer an. Schnell wichen die Piratinnen zurück, um nicht von den Beißern geschnappt zu werden.

Die klappernden Wesen mit ihren langen Beinen gaben ein lustiges Bild ab. Da die Mädchen schwimmen konnten, stellten sie auch keine große Gefahr für sie dar. Aber Tail erklärte, dass sie schon einmal von einem Beißer gebissen worden war und dass es sehr schmerzte.

„Möchtest du noch mehr sehen?“, fragte Tail und Saria nickte. Die beiden Mädchen hatten viel gemeinsam. Beide liebten das Meer und seine Bewohner und sie mochten Arius, die eine als Schwester, die andere auf eine Art, die sie noch nicht so genau verstand.

Tail schwamm weiter in die Tiefe. Das Wasser wurde immer dunkler und bald war es schwarz wie Tinte. Saria wurde mulmig zumute, ein kaltes Frösteln durchfuhr sie. Einer Meerjungfrau wollte sie wirklich nicht begegnen, wenn sie so waren, wie Tail sie beschrieben hatte.

Tail schien ihre Befürchtungen zu bemerken. „Keine Angst! Für Meerjungfrauen sind wir noch lange nicht tief genug, aber glaub mir, der Weg wird sich lohnen.“

Ein paar Meter tauchten sie noch, dann hielten sie an. Saria erkannte nichts als Dunkelheit.

„Hab nur ein bisschen Geduld, gleich kommen sie“, flüsterte Tail.

Plötzlich sah Saria kleine bunte Lichter, die aus der Ferne auf sie zukamen. Es waren leuchtende Lebewesen, mit zarten, fast transparenten Körpern. Wenn man genau hinsah, konnte man sogar ein winziges blaues Herz schlagen sehen. Ihre Gesichter waren außergewöhnlich rund und groß für den zierlichen Körper. Sie hatten keine Nase, dafür große, runde Augen und einen spitz zulaufenden Mund. Am Kopf hatten sie lange Auswüchse anstatt Haaren, welche in der Strömung rund um sie herumtanzten. Saria war verzaubert, diese Wesen waren übernatürlich schön.

„Das sind Camenas. Kleine Wasserwesen mit heilenden Kräften. Aber sie helfen nur, wem sie helfen wollen, man kann sie nicht rufen“, erklärte Tail.

Eine Weile beobachteten sie noch die feenhaften Wesen, dann schwammen sie ein Stück zurück in Richtung Elementia. Denn auch wenn sie beide sehr gut schwimmen konnten, so versuchten sie bei ihren Übungen, in der Nähe des Schiffs zu bleiben. Dann waren sie in einem Notfall schnell bei ihrer Crew.

Nun war es an der Zeit, sich dem eigentlichen Grund zu widmen, warum die Piratinnen unter Wasser waren. Saria musste ihre Kräfte und die des Amuletts trainieren. Sie wusste, sie hatte fast unendliche Möglichkeiten durch ihre Verbindung zum Meer, aber es fehlte ihr noch an Übung und Konzentration.

Zusammen mit Tail trainierte sie, einen Angreifer unter Wasser fernzuhalten. Tail schwamm auf Saria zu und Saria bündelte das Wasser vor sich zu einem starken Strahl. Anfangs funktionierte es noch nicht so gut, mit ihren starken Schwimmbewegungen konnte Tail den Strahl durchbrechen. Aber je öfter sie es versuchten und je mehr sich Saria konzentrierte, umso besser funktionierte es. Bald schon hatte Tail keine Chance mehr.

Zufrieden kehrten die beiden zurück aufs Schiff, denn nun waren auch alle anderen wach und bereit, sich ihren Aufgaben zu widmen.

KAPITEL VII

Ein Ruf eilt ihnen voraus

An Deck besprachen sich die Crew-Mitglieder noch einmal, bevor sich ihre Wege trennten. Darksoul, Fireeye und Tail tauchten hinab ins Meer und weiter in Richtung Versunkene Bibliothek. Saria schaute ihnen neidisch nach, aber noch waren ihre Schwimmkünste nicht ausreichend, um mit den anderen mitzuhalten.

Geschmeidig wie Fische schwammen die drei Freunde durch die bunte Unterwasserwelt. Tail genoss die Stille und das Gefühl der Geborgenheit unter Wasser und vergaß fast, dass sie nicht allein war. So gut wie ihr ganzes Leben hatte sie im Meer verbracht. Sie liebte einfach alles daran, die Unendlichkeit, die Schroffheit und gleichzeitig die Wärme. Tail schwamm direkt in einen Fischschwarm hinein und genoss das Blubbern der Luftblasen, das sie umgab.

Als sie sich nach einer Weile umschaute, waren die Zwillinge nirgends zu sehen. Tail wartete einen Augenblick, sie konnten nicht weit zurückliegen, denn auch Darksoul und Fireeye waren gekonnte Schwimmer. Doch als nach einiger Zeit immer noch niemand zu sehen war, beschloss Tail, sich auf die Suche zu machen. Irgendwo mussten die zwei ja stecken.

Währenddessen setzten Arius, Saria, Feather und Ocean die Segel Richtung Calvaria. Es dauert nicht lange, da meldete Saria dem Kapitän, dass sie die Insel in der Ferne sehen konnte.

Mit einem Mal kam ein starker Wind auf und ein metallisches Rauschen ertönte. Saria kannte dieses Geräusch, es gab nur ein Schiff, das so klang, die Liberty. Lange musste die Crew auch nicht warten, da schoss das Luftschiff aus den Wolken hervor. Saria musste immer noch staunen, wie die Liberty durch den Himmel segelte. Mithilfe eines riesigen Ballons und unzähliger windischtypischer Gerätschaften glitt sie blitzschnell dahin. Vor einem Angriff mussten sich die Piraten aber zum Glück nicht fürchten, sie hatten die Friedensflagge gehisst. Eine Flagge, die nur auf dem Weg ins Herz von Calvaria gehisst werden durfte, da die Insel als neutraler Boden galt.

Plötzlich tauchten direkt neben der Liberty zwei Windisch auf, die mithilfe ihrer metallischen Flügel auf die Elementia zusteuerten.

Die Crew versammelte sich an Deck. Alle waren neugierig, wer sie besuchen würde, da der letzte Kapitän der Liberty, Iron Wing, ein Verräter gewesen war. Er war der Anführer des Inneren Kreises gewesen, einer Vereinigung, die sich zusammengeschlossen hatte, um Calvaria zu unterwerfen. Zusammen mit seinen Verräter-Anhängern war er von Saria verbannt worden. Besonders Feather starrte mit klopfendem Herzen auf die herankommenden Windisch, schließlich war Iron Wing sein Vater.

Es dauerte nicht lange, da landeten ein Mädchen und ein älterer Mann direkt vor der Crew.

„Aperi alas“, begrüßten die Besucher die Crew mit dem für ihr Volk typischen Gruß.

„Seid gegrüßt", antwortete Arius anstelle des Kapitäns. Sie nutzten ihre eigenen Begrüßungen nur noch, wenn sie ihre Völker besuchten. „Was führt euch zu uns?"

Anders als erwartet trat das Mädchen vor und streckte ihre Hand dem Kapitän entgegen. „Ich bin Hurrikan, die neue Kapitänin der Liberty. Den Gerüchten nach habt ihr die Windisch von den Verrätern befreit."

Ocean nickte kurz und reichte ihr die Hand.

Feather war beeindruckt. Wie konnte dieses Mädchen bereits Kapitänin der Liberty sein? Sie war höchsten ein, zwei Jahre älter als er selbst.

Die Windisch schien seinen Blick zu spüren und drehte sich in seine Richtung. Sie reichte auch ihm die Hand, wich aber seinem Blick aus. „Feather, richtig? Es tut mir leid, was du wegen deines Vaters durchmachen musstest. Aber du sollst wissen, dass dein Volk stolz ist, dass du dich für die richtige Seite entschieden hast."

Feather drehte sich etwas ab, da er spürte, wie er errötete.

Währenddessen hatte Ocean einen Zettel beschrieben und ihn an Arius weitergereicht. „Der Kapitän fragt, ob ihr auch ins Herz von Calvaria unterwegs seid." „Ja, aber nur für einen kurzen Halt. Was habt ihr für Pläne?", ging die Windisch-Kapitänin nur knapp auf ihre eigenen Absichten ein.

Arius blickte kurz zu Ocean, der nickte. „Wir müssen uns ein wenig umhören."

Hurrikan grinste. „Aha! Schon wieder ein Abenteuer für die Elementaren Sieben."

„Die was?" Nun meldete sich auch Saria zu Wort.

„Die Elementaren Sieben. Wisst ihr das denn nicht? So wird

eure Crew genannt. Wie sollte man euch auch sonst nennen? Ein Schiff mit Besatzungsmitgliedern aus allen Völkern?“

Die Freunde waren etwas verwirrt; sie hatten nicht gewusst, dass ihnen bereits ein Ruf vorauseilt.

Doch sie tauschten sich nur noch kurz aus, dann flogen die Besucher zurück zur Liberty.

„Die war aber jung!“, meinte Feather, der immer noch den Besuchern hinterherblickte.

Saria grinste. „Und hübsch war sie auch noch. Nicht, dass du uns schon wieder abhandenkommst.“

Feather schaute sofort schuldbewusst zu Boden und machte sich auf den Weg in die Kombüse, um das Mittagessen vorzubereiten. Trotzdem fand er die Sache seltsam. Es war ungewöhnlich für die Windisch, einer so jungen Piratin den Posten als Kapitänin zu überlassen. Zudem wunderte er sich, dass er ihr noch nie über den Weg gelaufen war, obwohl sie etwa gleich alt sein mussten.

Weiter unten in den Tiefen des Meeres war Tail ein ganzes Stück zurückgeschwommen, hatte aber die Zwillinge immer noch nicht gefunden. Da fiel ihr plötzlich wieder ein, dass sie an einem Fideal-Feld vorbeigekommen waren. Fideale waren hinterlistige, kleine Unterwasserbewohner, eine Art lebendiges Schlinggras. Schafften sie es einmal, ein Opfer in ihre Fänge zu bekommen, ließen sie es meist nicht mehr los. Sie umschlossen es und drückten es an den Meeresboden, wo sie dann über das Opfer herfielen.

So schnell Tail konnte, schwamm sie dorthin. Vielleicht waren die Zwillinge dem Schlinggras zu nahe gekommen? War sie so in ihre Gedanken versunken gewesen? Hatten die beiden vielleicht sogar um Hilfe gerufen und sie hatte es nicht gehört? Es dauerte nur wenige Augenblicke, bis sie das Fideal-Feld erreichte. Es war sicher so breit wie vier Dreimaster und undurchdringbar dicht bewachsen.

Tail überkam ein ungutes Gefühl. Unruhig suchte sie das Feld ab, konnte aber nichts entdeckten.

„Darksoul, Fireeye! Wo seid ihr?“, brüllte sie aufgeregt in alle Richtungen.

Da erspähte sie eine ausgestreckte Hand zwischen den Seegräsern. Darksoul versuchte sich mit seiner Feuerkraft aus den Schlingpflanzen zu befreien, aber unter Wasser waren die Flammen wirkungslos.

Schnell schwamm Tail zu ihren Freunden und, so nahe sie konnte, an Darksouls Hand heran, ohne für die Fideale erreichbar zu sein. „Darksoul, Fireeye, könnt ihr mich hören?“

Ein unterdrücktes Krächzen kam aus dem Grasmeer. „Tail, hier sind wir!“

Die Aquasierin wusste, sie musste schnell sein, aber sie wusste auch, dass sie keinen Fehler machen durfte. „Haltet still, sonst umwickeln euch die Biester nur noch mehr.“

Glücklicherweise kannte sich Tail mit diesen Dingern gut aus, denn bereits als Kinder lernten sie, wie sie sich aus so einer Situ-

ation befreien konnten. Tail schwamm mit kräftigen Schwimmbewegungen in das Feld hinein, direkt zwischen Darksoul und Fireeye. Sofort umschlangen die Fideale ihre Beine, aber Tail war schneller. Sie packte sie an ihren Wurzeln. Die Viecher stießen gellende Schreie aus, denn die Wurzeln waren ihre Schwachstellen. Wenn man sie vom Meeresboden trennte, verloren sie sofort ihre Kräfte und verhielten sich nur noch wie ganz normales Seegras. Schnell riss Tail alle umliegenden Gräser aus und befreite so nicht nur sich selbst, sondern auch Darksoul und Fireeye.

„Lasst uns bloß abhauen!" Tail zog die Zwillinge mit sich. Schnell machten sich die drei auf und davon, weit weg von den immer noch kreischenden Fidealen.

Erleichtert, aber mit klopfendem Herz versicherte sich Tail, dass es ihren Freunden auch wirklich gut ging. „Alles noch dran?"

Darksoul und Fireeye nickten. Sie hatten Glück gehabt, Tail war schnell genug gewesen und sie waren noch einmal mit dem Schrecken davongekommen. Es waren Erlebnisse wie diese, die aus den Crew-Mitgliedern unzertrennliche Gefährten machten. Denn sie waren bereit, sich jeder Gefahr entgegenzustellen, um einen der ihren zu retten. Nach einer kurzen Verschnaufpause machten sie sich wieder auf den Weg, immer weiter Richtung Versunkene Bibliothek.

KAPITEL VIII

Das versunkene Wissen

Die weitere Reise unter Wasser blieb ereignislos und so kamen die drei Freunde bald am Eingang zur Versunkenen Bibliothek an. Darksoul und Fireeye kannten die alte Bibliothek der Aquaticus bereits, doch sie waren zuvor nur durch den aquatischen Tunnel gekommen, der direkt von der Stadt zur Bibliothek führte. Den Weg durchs Meer hatten sie noch nie genommen.

Staunend schauten sie sich um. Zwei riesige Meermänner aus Stein beschützten den Höhleneingang, auf den sie gerade zuschwammen. Die Statuen hielten Speere in der Hand und waren wohl einst als Wächter der Bibliothek gedacht gewesen.

Sobald sie in die Höhle eintauchten, war es stockdunkel. Für kurze Zeit kam es ihnen so vor, als würden sie völlig die Orientierung verlieren. Fireeye wollte Darksoul bereits telepathisch mitteilen, dass sie umkehren sollten, als plötzlich die Höhlenwände zu leuchten begannen. Tausende von Flechten und Kleinstlebewesen schimmerten in bläulich-grünem Licht. Die Wände schienen lebendig, wie ein farbiger Traum, einfach wunderschön.

Am Ende des Tunnels entdeckten die Zwillinge Tail und schwammen ihrer Freundin schnell hinterher. Ein paar kurze, kräftige Schwimmbewegungen später tauchten sie in einer unterirdischen Lagune auf. Tail stieg aus dem Wasser und entzündete ein Feuer direkt neben dem Eingang. Diese Flamme erzeugte eine Kettenreaktion und in kürzester Zeit war die gesamte Bibliothek erleuchtet.

Schiffshoch reihte sich ein Regal mit alten Büchern an das nächste. Die Regalböden waren aus dunklem Holz, während die Säulen dazwischen aus dem Stein gehauen waren. Es war so still, dass man einen Klabautermann hätte niesen hören, einzig das wohlige Knistern der Fackeln war zu hören. Der Duft von altem Leder und Papier lag in der Luft und an der Decke hing das Skelett eines Meeresungeheuers.

Tail stemmte die Hände in die Hüften. „Wir teilen uns auf, und wenn jemand etwas findet, schauen wir es uns gemeinsam an."

Darksoul schnaufte. „Ich bin immer noch der Meinung, dass man hier unten einen Bibliothekar bräuchte."

Tail musste grinsen, Darksoul hatte nicht ganz unrecht. Sie waren in letzter Zeit schon öfters hier gewesen, um an Informationen zu kommen, und jedes Mal war es angesichts der unzähligen Bücher eine Herausforderung gewesen.

Die Piraten durchforsteten die Regale, Buchreihe für Buchreihe. Ohne Erfolg.

Plötzlich hatte Tail eine Erleuchtung: „Ach, dass mir das nicht gleich eingefallen ist! Wir müssen doch nur dort nachschauen, wo wir letztes Mal die Informationen zu den Kompassen gefunden haben. Sicher stehen alle Bücher zu magischen Gegenständen an der gleichen Stelle!"

Warum waren sie da nicht eher drauf gekommen? Etwas beschämt liefen sie zu einem Regal weiter hinten. Es dauerte auch nicht lange, da fanden sie das Buch, das sie gelesen hatten, um den Inneren Kreis zu besiegen.

Laut las Tail einen nach dem anderen Titel im Regal vor: „Das Beschwören von Wasser. Feuerring und andere Feueraugen-Relikte. Magie bündeln mit Naturkräuterextrakten. Geschmeide der Schönheit. Der heilige Gral. Die Amulette des Ursprungs – Teil eins. Die Kessel … Halt!"

Schnell hüpfte Tail ein Buch zurück und schaute es sich genauer an. „Die Amulette des Ursprungs – Teil eins. Das könnte etwas sein!"

Sie zog das Buch heraus und brachte es an einen Lesetisch. Darksoul und Fireeye beugten sich ebenfalls neugierig über die Seiten.

Tail schlug das Buch auf und las vor: „Die Legende der Amulette des Ursprungs wird bereits seit Anbeginn Calvarias von Generation an Generation weitergegeben und studiert. Ihr Ursprung liegt so weit zurück, dass es kaum fundierte Fakten gibt. Dass jedes Volk eine andere Version der Geschichte erzählt, erschwert die Erforschungen zusätzlich. Hier halten wir die Grundinformationen der Legenden fest, die sich in nahezu allen Völkern überschneiden."

Tail blätterte ein paar Seiten weiter. „Als Calvaria noch jung war, lebten drei mystische Wesen im Einklang miteinander und sorgten für das Land. Jedes der drei hatte seine Aufgabe und es brauchte sie alle, um die Harmonie und das Gleichgewicht Calvarias zu erhalten. Ihre Namen waren Vodrellā, Is und Shams. Ihr Zusammenspiel, das einem fortwährenden Tanz glich, schaffte in Calvaria beste Voraussetzungen für Leben. In ihrem Inneren trugen sie je ein Amulett, das ihnen half, ihre Energie zu bündeln und sich miteinander zu verbinden."

Tail schaute die Zwillinge mit erwartungsvollen Augen an. Darksoul schien aber weniger beeindruckt. „Das ist ja eine ganz nette Geschichte, aber viele Fakten liefert sie nicht."

Tail dachte kurz nach. „Stimmt, aber eins ist jetzt klar: Es handelt sich um drei Amulette. Für jedes Wesen eins."

Tail nahm sich die Zeit, um die Kapitel bestmöglich zu überfliegen. Aber anstelle konkreter Fakten fand sie mehr ein Sammelsurium aus den Geschichtsvarianten und den Gedankengängen der Gelehrten, die die Legenden studiert hatten. Am Ende stand aber doch noch ein interessanter Absatz: „Jedes der Amulette trägt drei Runen in sich. Was sie bedeuten, wird in ‚Die Amulette des Ursprungs – Teil zwei' erklärt."

Fireeye schaute verwirrt. „War denn ein zweiter Teil im Regal?"

Tail überlegte, konnte sich aber nicht erinnern. Also rannten alle schnell zum Regal. Die Aquasierin suchte die Stelle, an der sie das Buch gefunden hatte. „Da ist kein zweiter Band. Aber seht ihr das? Die Lücke zwischen dem vorigen und nachstehenden Buch ist zu groß für nur ein Buch!"

Darksouls Augen funkelten. „Das heißt, es gibt einen zweiten Band, aber er ist nicht da! Aber wer könnte ihn von hier weggenommen haben?"

„Das weiß ich auch nicht", Tail schüttelte den Kopf, „anscheinend interessiert sich noch jemand für die Amulette. Wir müssen vorsichtig sein. Vor allem, da es strengstens untersagt ist, Bücher aus der Versunkenen Bibliothek mitzunehmen. Wenn jemand so etwas macht, hat er sicher nichts Gutes im Sinn."

Die drei Freunde beschlossen, nach Calvaria zu schwimmen, um mit den anderen zu überlegen, wie es weitergehen sollte.

KAPITEL IX

Im Halbdunkel

Das Mienai hatte allen Grund zur Freude. Sein Plan funktionierte und das Schiff fuhr geradewegs dorthin, wo es hinwollte. Es war gar nicht so einfach gewesen, alle so zu beeinflussen, dass sie genau taten, was das Wesen wollte. Doch das Beste an der Gabe der Mienai war, dass ihre Opfer meist gar nicht mitbekamen, dass sie beeinflusst worden waren. Sie glaubten, nach ihrem freien Willen zu handeln.

Diese Gabe verlieh also sehr viel Macht. Aber den Mienai lag es fern, sich zu bereichern, sie dienten immer nur einer höheren Aufgabe, ihrem Erbe.

Das Schiff kam gut voran und schon bald befand es sich genau an dem Ort, den das Mienai besuchen wollte: Aquasia.

Die Stadt der Aquaticus lag in einer Kuppel am Meeresboden, und nur wer den Einstieg durch einen Wasserstrudel kannte, kam sicher dorthin. Das Mienai wusste davon aus einer seiner nächtlichen Reisen und hatte die Crew mit seiner Fähigkeit dazu gebracht, die Unterwasserstadt anzulaufen. Obwohl das Schattenwesen gewusst hatte, was auf sie alle zukam, war es ein beklemmendes Gefühl, von einem Strudel unter Wasser gezogen zu werden. Doch anders als die übrigen Piraten staunte das Mienai nicht über Aquasia. Das Schattenwesen hatte durch seine Traumwanderungen schon so viel gesehen, dass es nichts mehr für außergewöhnlich oder gar unmöglich hielt. Trotzdem musste sich das Mienai eingestehen, dass dieser Ort schon sehr besonders war. Die gesamte Stadt ähnelte einem Korallenriff und war wunderschön. Die Türme und Häuser ragten säulenartig aus dem Boden und ganz Aquasia war von einer schützenden Mauer umgeben und durch eine Luftkuppel geschützt. Wenn man sich in Richtung Meer drehte, sah man die Fische und Unterwasserkreaturen, die direkt an einem vorbeischwammen; drehte man sich in Richtung Stadt, konnte man zwei Meermänner aus Stein ausmachen, die wie zwei Wachposten den Eingang beschützten.

Die Aquaticus begrüßten die unerwarteten Besucher nicht gerade freundlich. Circa ein Dutzend bewaffneter Piraten stellte sich vor dem riesigen Eingangstor auf.

Einer der Aquaticus machte einen Schritt auf die ungebetenen Gäste zu. „Halt! Was wollt ihr hier? Ihr habt kein Recht, einfach so nach Aquasia zu kommen!"

Die Mannschaft des Schiffes versprach friedliche Absichten und erklärte den Einwohnern, unbewaffnet einzutreten. Sie wollten nur Rast machen und sich stärken.

Etwas widerwillig ließen sie die Crew passieren. Auch das Mienai kam mit nach Aquasia. Es hielt sich im Hintergrund, und als die restlichen Piraten eine Taverne ansteuerten, machte es sich aus dem Staub.

Kaum war das Schattenwesen unter Aquaticus, verwandelte sich seine Kleidung in deren glitzernde Tracht. Wie schimmernde

Fischschuppen glänzte sein Gewand nun. So lief es völlig unbemerkt durch die Stadt, die einer Traumwelt ziemlich ähnlich war. Die Gebäude sahen nicht nur aus wie Korallen, es waren welche. Es roch nach Salz und Fisch, wie auf dem Markt im Herzen von Calvaria. Zwar war das Meer durch die Luftblase ausgeschlossen, aber an Wasser mangelte es in der Stadt trotzdem nicht. Wohin man auch sah, schwebten Wasserbälle in unterschiedlichsten Größen durch die Luft, fast so wie riesige Seifenblasen. In der einen schwammen Kinder, in der anderen wusch eine Frau ihre Wäsche und in wieder einer anderen tummelten sich Thunfische. Die Bewohner schienen alle entspannt und fröhlich zu sein. Aber das Mienai hatte keine Zeit, sich daran zu erfreuen, es musste weiter.

Nach nur kurzer Zeit kam das Schattenwesen zu einem menschenleeren Tunnel. Biolumineszente, von sich aus leuchtende Flechten, wiesen ihm den Weg hindurch. Der Durchgang war sehr lang, eigentlich wurde er nur selten benutzt. Er führte zur Versunkenen Bibliothek. Da es aber schon längst eine neue Bibliothek direkt in der Stadt gab, kamen nur selten Menschen in diese alte Wissensstätte. Nur wer etwas ganz Besonderes suchte, nahm den langen Weg noch auf sich.

So brauchte auch das Schattenwesen eine Weile, bis es in der Versunkenen Bibliothek ankam. Das Mienai liebte Bücher, sie waren für ihn eine weitere Möglichkeit, auf Reisen zu gehen, und dieser Ort war voll von diesen fantastischen Reisen. Doch diesmal war es auf der Suche nach einem ganz bestimmten Buch. Einem Folianten, der ihm bei seinem Auftrag weiterhelfen sollte.

Glücklicherweise musste das Mienai nicht lange suchen. Es spürte genau, wo die Bücher standen, die es brauchte. Entschlossen lief das Schattenwesen auf eins der hinteren Regale zu, fast raumhoch und aus dunklem Holz. Das Wissen reihte sich darin Rücken an Rücken.

Plötzlich hörte das Mienai Geräusche. Was war das? Da sprach jemand. „Wir teilen uns auf, und wenn jemand etwas findet, schauen wir es uns gemeinsam an."

Eine weitere Stimme erwiderte: „Ich bin immer noch der Meinung, dass man hier unten einen Bibliothekar bräuchte."

Das Mienai erschrak, es war nicht allein. Schnell griff es nach dem Buch, das es gesucht hatte, und verschwand hinter einer Säule. Sollte es nun wirklich ein Buch stehlen? Das war eigentlich gegen seine Natur, denn Wissen sollte nie verloren gehen, aber in diesem Fall ging es nicht anders. Die Aufgabe stand über allem.

Das Herz des Wesens klopfte wie wild, aber niemand hatte es entdeckt. Eine Weile blieb das Mienai in seinem Versteck und drückte den Folianten fest an seine Brust, während es die Eindringlinge belauschte. Zum Glück warf es keine verdächtigen Schatten, denn in der Nähe befand sich eine Fackel. Das Wesen konnte aus seinem Versteck heraus beobachten, wie die Störenfriede – es waren drei, zwei Mädchen und ein Junge – auf dasselbe Regal zuliefen wie zuvor es selbst. Das Mienai hörte, was sie lasen, und verstand sofort, was sie suchten. Zum Glück war es ihnen zuvorgekommen.

Es dauerte, bis die drei sich wieder auf den Weg machten. Sie waren aus einer anderen Richtung als das Wesen selbst gekommen und gingen auch wieder dorthin zurück.

Als die Störenfriede verschwunden waren, wartete das Mienai sicherheitshalber einen Moment, bevor es aus seinem Versteck trat. Es hätte nie gedacht, hier auf jemanden zu treffen. Die Versunkene Bibliothek wurde seines Wissens so gut wie nie besucht. Dass diese drei sich auch noch über die Amulette schlaugemacht hatten, gefiel dem Wesen gar nicht. Diese Piraten musste es im Auge behalten. Das Mienai steckte seine Beute unter sein Gewand und kehrte zurück zum Schiff. Es musste zusehen, dass sie ablegten, schließlich musste es mehr herausfinden über die Störenfriede und darüber, warum sie nach den Amuletten suchten.

KAPITEL X

Die Gärten der Weisheit

Die verbliebene Crew vertäute die Elementia sorgfältig im Hafen von Calvaria. Sobald alle Vorkehrungen für den Landgang getroffen waren, gab Ocean seine Anweisungen an Arius weiter.

„Der Kapitän möchte, dass wir zuerst alle Besorgungen hier auf dem Markt im Hafen erledigen. Anschließend machen wir uns auf den Weg zu den Hallen. Dort sollen wir es bei den Ältesten versuchen. Dank ihres Alters und ihrer Weisheit können sie sich vielleicht an die Amulette erinnern."

Der Rat der Ältesten bestand aus Mitgliedern aller Völker, die den künftigen Piraten ihre Kodex-Prüfung abnahmen. Sie wurden von ihren Völkern bestimmt und nur die Weisesten hatten eine Chance, dieses ehrenvolle Amt anzutreten.

Saria nickte. „Lasst uns keine Zeit verlieren!"

Also verließen die vier das Schiff.

Der Markt war wie gewöhnlich laut und voll. Es wurde gehandelt und gestritten, doch immer unter Einhaltung des Friedensgesetzes, das auf der Hauptinsel herrschte. Sobald sie ihre Einkäufe auf die Elementia gebracht hatten, wanderten sie durch die Gassen in Richtung der Hallen von Calvaria. Wie gewöhnlich roch es nach Salz und Gebackenem und die Gassen waren erfüllt von den Geräuschen des Tages. Die Musik aus den Tavernen, das Marktgeschrei der Händler und irgendwo bellte sogar ein Hund. Die unzähligen Brücken und Stege, waren manchmal so schmal, dass sie hintereinander gehen mussten, und manchmal so breit, dass sogar ein Pferdegespann drauf gepasst hätte. Die gesamte Insel war verwinkelt und verzweigt. Es gab unzählige kleine Gassen, Hinterhöfe oder Seitenwege, die in eine Sackgasse führten. Da traf es sich gut, dass sich die Piraten bereits gut auskannten und so ihrer gewohnten Wege gingen.

Arius liebte diese Insel dafür, dass es niemals still war und dass immer unterschiedliche Gerüche nach Fisch und Meer, aber auch nach Gebäck und Grog in der Luft lagen. Auch das seltsame Gefühl, nie richtig auf festem Boden zu stehen, gefiel ihm. Es war, als stünde man noch auf einem Schiff, schließlich bestand die ganze Insel aus schwimmenden Plattformen, welche nur mit Gewichten am Meeresboden verankert waren. So spürte man bei jedem Schritt die Bewegungen des Meeres.

Bald kam die Crew an die hölzerne Treppe, die sie noch von ihrer Kodex-Prüfung kannten. Sie war immer noch beeindruckend breit und ehrfurchtgebietend.

Saria blickte hoch zu den schiffsförmigen Balkonen. „Es fühlt sich an, als wäre eine Ewigkeit vergangen, seit wir das letzte Mal hier waren. So unglaublich viel ist seitdem passiert."

Ocean nickte und Feather pflichtete ihr bei: „Stimmt! Damals wussten wir noch nichts von Elementariern, dem Inneren Kreis und Amuletten. Wir kannten uns ja nicht einmal gegenseitig."

Arius blieb still. Er erinnerte sich an die Zeit und daran, wie schwer es am Anfang gewesen war zu akzeptieren, dass er ein anderer war, als er immer gedacht hatte.

Wie gewöhnlich riss ihn seine Schwester mit ihrem Gequassel aus den Gedanken. „Los jetzt! Doof aus der Wäsche gucken könnt ihr auch ein anderes Mal!"

Arius musste grinsen und die vier Piraten schritten die breite Treppe hoch und traten durch das drei Mann hohe Tor.

Die Hallen hatten sich kein bisschen verändert. Immer noch hatte man das Gefühl, ins Innere eines riesigen Schiffes zu schreiten. Alles war aus Holz. Formen und Architektur waren dem Rumpf eines Segelschiffs nachempfunden. An den Seiten hingen Bilder von längst vergangenen Schlachten und legendären Piraten. Der Saal war von Hunderten von Kerzen erleuchtet, die an riesigen Kronleuchtern von der Decke hingen und an denen das Wachs herunterlief. Der Geruch von Kerzen-Paraffin lag schwer in der Luft, wurde aber vom Duft des Meeres umspielt. Alles wirkte dunkel durch das geschwärzte Holz, aber trotzdem einladend. Nur der Boden hob sich von der Holzkonstruktion ab. Denn der bestand komplett aus Glas. Man sah darunter das Meer und das Riff mit den unzähligen Fischen.

Nur eines war anders als beim letzten Mal: Die Hallen füllten sich nicht mit unzähligen Piraten, sondern nur die vier Freunde befanden sich darin. Und auch sie selbst fühlten sich anders, schließlich waren sie inzwischen rechtmäßige Piraten.

Arius schaute sich um. „Wo leben eigentlich die Ältesten? Wir haben sie immer nur hier oder bei den Prüfungen gesehen. Aber haben sie hier Zimmer oder leben sie außerhalb der Hallen?" Seine Stimme hallte durch den leeren Raum. So verlassen wirkte er noch riesiger.

Ocean zuckte mit den Schultern, schrieb dann aber doch ein paar Zeilen aufs Papier und gab es Arius. „Ocean meint, dass sie sicher irgendwo hier sind. Am besten, wir durchsuchen alles zusammen. Oben sind die Unterkünfte und Wohnbereiche für die Prüflinge. Vielleicht weiter hinten oder unten?"

Feather lachte und zeigte auf den gläsernen Boden und das Meer darunter. „Unten?"

Auch Saria musste grinsen. „Feather hat recht, Keller wird es hier wohl nicht so viele geben. Also weiter nach hinten."

Die Freunde gingen ganz nach hinten, wo sich eine Art Bühne befand, von der aus die Ältesten damals zu ihnen gesprochen hatten. Dahinter befand sich eine Wand mit unzähligen Schnitzereien. Die Holzarbeiten waren detailliert und zeigten Seeungeheuer, Schlachten, Schätze und die Wappen der Völker. Der Boden war mit einem reichlich verzierten Teppich ausgelegt.

„Und jetzt?" Saria blickte die hölzerne Wand hoch. Hier ging es nicht weiter, aber ihr Bruder hatte eine Idee.

„Vielleicht gibt es irgendwo einen versteckten Durchgang oder eine eingelassene Tür." Arius untersuchte die Wand. Vielleicht gab es einen geheimen Hebel oder einen Mechanismus? Aber er konnte nichts Ungewöhnliches finden.

„Vielleicht leben sie doch außerhalb der Hallen, hier sind sie jedenfalls nicht", bemerkte Saria frustriert.

Da winkte Ocean plötzlich aufgeregt. Er zeigte nach unten. Dort war mitten im gläsernen Boden eine Holzluke eingelassen. Sie wirkte auf den ersten Blick unspektakulär. Einfach ein paar Holzdielen mit einem eisernen Griff. Eigentlich hätte ihnen die hölzerne Luke im gläsernen Boden sofort auffallen müssen, doch sie war größtenteils durch einen Teppich verdeckt und so hatten sie die Luke zunächst übersehen.

Arius grinste Feather an. „Wie war das? Nach unten gibt es keinen Weg?"

Feather schien trotzdem nicht überzeugt. „Das kann nicht sein. Bestimmt dient die Luke nur dazu, etwas ins Meer zu schütten oder Fische zu fangen."

Saria zog eine Augenbraue hoch. „Das glaubst du wohl selbst nicht. Also, auf was warten wir? Wenn wir wissen wollen, was darunter ist, müssen wir die Luke öffnen."

„Halt! Wartet!" Arius hielt sie zurück. „Ich empfange gerade eine telepathische Nachricht von Darksoul und Fireeye. Sie und Tail sind gleich hier. Ich hab ihnen gesagt, wo wir sind. Wir sollen auf sie warten."

Lange mussten sie das auch nicht, da traten die drei übrigen Crew-Mitglieder durch das Tor.

Die Freunde brachten sich gegenseitig auf den neuesten Stand, bevor sie sich gemeinsam der Holzluke widmeten. Ocean öffnete sie vorsichtig und die Piraten staunten. Denn anders als erwartet befand sich darunter nicht das Meer, sondern eine gläserne Treppe, die in einen ebenso gläsernen Tunnel führte. Blickte man von der Seite durch den Boden, war sie nicht erkennbar, denn da sie durchsichtig war, verschmolz sie mit dem Meer. Blickte man aber durch die Luke, war sie gut zu erkennen.

„Also die Hallen von Calvaria werden immer interessanter." Arius ging beherzt voran und die anderen folgten ihm.

Der Tunnel führte bis auf den Meeresboden und denselben entlang. Durch das Glas hatten sie genügend Luft und konnten trockenen Fußes voranschreiten, während rund um sie herum die Fische und Bewohner des Meeres schwammen. Die Länge und Größe war beeindruckend, es hätte auch ein ganzer Trupp gleichzeitig hindurchschreiten können.

Tail seufzte. „Das erinnert mich an zu Hause." Denn auch durch die Kuppel in Aquasia konnte man wunderbar die Unterwasserwelt beobachten.

Der Tunnel erstreckte sich über eine lange Strecke und führte auf eine Höhle zu. Der Eingang war finster und klein und nur einer nach dem anderen konnte hindurchschlüpfen. Es war ein beengendes Gefühl und es schien, als würde der höhlenartige Durchgang zunächst immer enger werden. Doch auf einmal war der schmale Gang zu Ende und die Freunde blieben wie angewurzelt stehen. Vor ihnen tat sich eine komplett neue Welt auf. Sie waren in einem gigantischen, unterirdischen Raum mit einem wunderschönen Wald. Obwohl sich die Piraten in einem Höhleninneren unter Wasser befanden, schien oben Licht hereinzuströmen.

„Du lieber Klabauter! Die Höhle ist ja so groß wie das Trockenland und Aquasia zusammen!", rief Saria.

Arius fuhr ihr über den Kopf. „Ja, genau, das kannst du natürlich von hier aus überblicken."

Saria grinste, natürlich konnte sie nicht alles sehen, aber das, was sie sahen, war schon beeindruckend genug.

Überall wuchsen unterschiedlichste Pflanzen und Bäume. Aber sie sahen weder aus wie die Pflanzen auf der Oberfläche noch wie die aus der Unterwasserwelt. Es waren bunte, fast leuchtende Gewächse, die sich trotz der trockenen Luft bewegten, als wären sie einer Meeresströmung ausgesetzt. Hier und dort plätscherten Wasserfälle aus

Felsspalten und Libellen in allen Farben flogen durch die Luft. Ein leichtes Lüftchen wehte, das durch Blätter und Klippen zog und eine Art Melodie erzeugte. Es trug den süßlichen Duft der Blumen heran, gemischt mit dem salzigen Aroma des Meeres. Es war ein so paradiesischer Anblick, dass die Piraten einfach nur mit offenen Mündern dastanden, unfähig, sich auf ihre Aufgabe zu konzentrieren.

Saria war die Erste, die sich wieder fing. „Das ist echt der schönste Ort, an dem ich je war. Außer dem Meer natürlich."

Arius erinnerte die Truppe daran, warum sie hergekommen waren, und sie setzten sich in Bewegung. Sie kletterten über gigantische Wurzeln, duckten sich unter blaue Palmenwedel und sprangen über plätschernde Flüsschen. Trotz der Unwegsamkeit schien ein Pfad immer weiter in die Höhle zu führen. Immer wieder kamen sie an seltsamen lila Blumen vorbei, aus deren Kelchen Luftbläschen aufstiegen, als wären es Fische unter Wasser. Hie und da hörten sie ein Rascheln oder tierähnliche Geräusche und sie fragten sich, was wohl für Tiere hier lebten. Alles in allem war dies der seltsamste Wald, den sie je gesehen hatten.

Plötzlich spürten sie ein Beben. Der Boden unter ihnen vibrierte immer stärker.

„Achtung!", rief Darksoul gerade noch rechtzeitig, bevor sie fast von einer Art überdimensionaler Echse zerstampft wurden. Sie schimmerte blau-violett und war mindestens zehnmal so groß wie die Piraten. Sie hatte Beine wie eine Echse, aber auch Kiemen und Flossen. Trotz ihres schnellen Schrittes hatten es alle rechtzeitig geschafft, zur Seite zu springen.

„Was war das?", fragte Saria und rieb sich den Hintern, weil sie hart aufgekommen war.

Tail schüttelte fassungslos den Kopf. „Keine Ahnung!"

Aber es nutzte nichts, sie mussten weiter. Der verwilderte Pfad wurde wohl selten genutzt oder es kamen einfach nicht so viele Leute hierher. Doch er schien die Freunde in eine bestimmte Richtung zu führen. Da sie sich hier unten nicht auskannten, war es am sichersten, diesem Pfad zu folgen.

Nach einer Weile lichtete sich der seltsame Wald und gab den Blick auf eine runde Lichtung frei. Dort waren Steine in einem Kreis aufgestellt und tatsächlich rechte dort einer der Ältesten den Sandboden. Bereits aus der Entfernung sahen sie, dass es sich um Adalar handelte, denn er trug die silberne Kleidung der Windisch. Sein wildes graues Haar hing ihm ins Gesicht. Er war hager, aber für sein Altes schien er noch bei guter Gesundheit zu sein. Erleichterung machte sich bei der Crew breit. Sie hatte tatsächlich einen der Ältesten gefunden.

Die Freunde gingen zu ihm hin, Adelar hob verwundert den Kopf. „Was … was macht ihr denn hier? Das sind die Gärten der Weisheit! Solche Jungspunde wie ihr haben hier unten rein gar nichts zu suchen."

Saria schüttelte übermütig seine Hand. „Adalar, wie schön, Euch zu sehen! Das ist der beeindruckendste Ort, den ich je gesehen habe."

Adalar befreite sich aus der stürmischen Begrüßung. „Das will ich auch hoffen. Man muss es sich nämlich hart verdienen, hier sein zu dürfen. Denn nur den Ältesten ist es erlaubt, sich in den Gärten aufzuhalten. Schon seit vielen Generationen kümmern wir uns um diesen besonderen Ort."

Arius schaute leicht betreten. „Entschuldige, wir haben nach

Euch gesucht und wussten nicht, dass wir nicht herkommen dürfen."

Adalar brummte, lenkte aber trotzdem ein. „Na ja, das sollte eigentlich allgemein bekannt sein. Aber wo ihr schon einmal hier seid, könnt ihr auch einen Moment bleiben. Ihr müsst mir genau erzählen, wie ihr hergefunden habt und was ihr hier überhaupt wollt! Aber zuerst …", er stemmte die Hände in den Rücken und streckte sich, „ah, ebnet ihr schön den restlichen Boden. Mein Kreuz will eh nicht mehr. Danach könnt ihr mir alles bei einer Tasse Tee erzählen."

Bevor sie es sich anders überlegen konnten, drückte ihnen Adalar allen einen Rechen in die Hand, die er wie von Zauberhand hinter einem der großen Steine hervorholte.

„Na, dann …" Darksoul machte sich als Erster an die Arbeit und auch die anderen ließen sich nicht lange bitten.

Da sie zu siebt waren, war die Arbeit zum Glück auch schnell erledigt und sie konnten Adalar endlich zur Unterkunft der Ältesten folgen.

KAPITEL XI

Die Sprache der Runen

Der Weg führte sie ein gutes Stück durch den unwirklichen Wald, diesmal in östliche Richtung, bis sie an einen großen Baum kamen. Er hatte einen gigantischen, knorrigen Stamm und anstatt grüner Blätter hingen unzählige orange schimmernde Seegräser von ihm herab.

„Da wären wir." Adelar streckte sich noch einmal durch und seufzte zufrieden.

Die Freunde schauten sich verwirrt um. Der Baum war spektakulär, aber wie konnte das eine Unterkunft sein? Adalar schien ihre Gedanken zu erahnen, denn er grinste nur und klopfte an den Baum. Wie von Zauberhand kam eine Stiege den Stamm heruntergeglitten, die rings um den Stamm in seine Krone führte. Die Freunde blickte nach oben, sahen aber nicht, wo die Stiege endete. Die Baumkrone war dafür zu dicht bewachsen. Adalar bedeutete den Piraten, ihm zu folgen.

Das Baumhaus, das sie dann erwartete, war dem Ort mehr als angemessen. Eine große hölzerne Plattform verlief rund um den Stamm und in alle Himmelsrichtungen befanden sich bogenförmige Fenster, welche die Sicht auf die Gärten freigaben. Die orangen Seegräser, die die Sicht verhindert hätten, waren einfach wie Vorhänge an beiden Seiten der Fenster zusammengebunden worden. Das Baumhaus war gemütlich eingerichtet, mit Sitzecken und einem großen Esstisch. Alles war mit floralen Mustern bestickt oder bemalt, sodass man selbst drinnen das Gefühl hatte, noch immer im Garten zu sein. Über eine weitere Stiege gelangte man in den zweiten Stock, wo wohl die Zimmer der Ältesten lagen.

Adalar deutete auf die Sitzecke. „Nehmt Platz, ich braue uns einen besonderen Kräutertee, den ihr nur hier unten zu trinken bekommt. In der Zwischenzeit könnt ihr mir erklären, wie ihr hergekommen seid."

Die Freunde setzten sich gespannt hin. Ein Tee würde ihnen jetzt guttun. Hoffentlich konnten sie den Ältesten so viele Informationen wie möglich entlocken.

Mit kleinlauter Stimme berichtete Arius, dass sie die Luke im Boden gefunden hatten und sich nichts dabei gedacht hatten, als sie ungefragt in die Gärten eindrangen.

„Wir wussten ja nicht, dass es verboten ist", gab Saria zu bedenken.

Während Adalar das heiße Wasser aufstellte, kamen nach und nach die übrigen drei Ältesten ins Baumhaus. Jeder Einzelne von ihnen stellte dieselben Fragen und die Piraten gaben dieselben Antworten. Zuerst waren die Ältesten nicht erfreut, aber wie bereits vorher Adalar nahmen auch sie es mit den Regeln nicht ganz so genau. Sie alle waren von verschiedensten Gartenarbeiten zurückgekehrt. Anscheinend hielten sie immer um diese Zeit eine Teestunde ab.

„Ist das nicht etwas seltsam für ehemalige Piraten?", flüsterte Saria ihren Crew-Mitgliedern zu.

Doch die Aquaticus-Älteste Aethel hatte sie gehört. „Zu den Ältesten zu gehören, ändert viel. Wir haben unsere Abenteuer schon bestanden, wir haben so viele Orte gesehen und so viele Schlachten geschlagen, irgendwann verliert das alles seinen Reiz."

Godric, der Trockenländer-Älteste, setzte sich zu den Freunden. „Die Arbeit hier in den Gärten ist sehr erfüllend und am Ende haben wir eine der wichtigsten Aufgaben inne, denn wir lehren zukünftigen Piraten den Kodex. So kann in Calvaria das gewohnte Piratenleben fortbestehen."

Darksoul wirkte nachdenklich. „Wie geht es eigentlich mit den Feueraugen weiter? Meine Schwester und ich waren offiziell die Ersten, die an den Prüfungen teilgenommen haben, auch wenn wir keine richtigen Feueraugen sind."

Ing, der Wellenwanderer-Älteste, setzte sich interessiert zu den anderen. „Also stimmt es, dass ihr beide Elementarier seid? Man hört ja so einiges über die Elementaren Sieben."

Fireeye nickte. „Und auch manch anderer von uns hat seine besonderen Seiten."

Adalar stieß mit Teekanne und Tassen zur Gruppe dazu. Ein glitzernder Rauch stieg empor und es roch ein bisschen nach exotischen Früchten. „Ob sich die Feueraugen in Zukunft an den Kodex halten wollen, bezweifle ich ernsthaft. Sollte es aber der Fall sein, wird sich sicher bald auch ein Feueraugen-Ältester zu uns gesellen. Ein befremdlicher Gedanke. So, jetzt aber mal Butter bei die Fische, wieso habt ihr eigentlich nach uns gesucht?"

Ocean beschrieb einen Zettel und überreichte ihn Arius. „Der Kapitän möchte sich nochmals für unser ungefragtes Betreten der Gärten entschuldigen und er bittet Curly um weitere Erklärungen."

Saria griff sich an den Hals und zog das Amulett unter ihrer Bluse heraus. „Ich besitze das Amulett des ewigen Meeres und wir wissen, dass es noch mindestens zwei weitere geben muss. Wir haben im Inneren Runen gefunden, die wir aber nicht lesen können. Könnt ihr uns helfen?"

Die vier Ältesten rissen die Augen auf. Das war eine Sensation! Selbst für Gelehrte, wie sie es waren, war der Anblick eines so legendären Objekts etwas Besonderes.

„Wo hast du das her? Darf ich es mal sehen?" Aethel streckte Saria die Hand entgegen und diese legte das Amulett vertrauensvoll hinein.

„Das ist eine längere Geschichte. Aber ich habe es nicht gestohlen!" Saria wollte nicht, dass sie jemand für eine Diebin hielt.

„Unglaublich, ich hätte nie gedacht, dass ich einmal eins der Amulette des Ursprungs in Händen halten würde", schwärmte Aethel, während sie das Amulett andachtsvoll von allen Seiten betrachtete.

Sarias Augen leuchteten auf. „Also wisst ihr davon?"

„Natürlich wissen wir davon. Schließlich gehören sie zur Geschichte Calvarias. Aber bis heute dachte ich, es wäre kaum mehr als eine Legende."

„Wir haben von den Runen gelesen, aber konnten das Buch über deren Bedeutung nicht finden. Könnt ihr sie übersetzen?" Tail rutschte hibbelig auf ihrem Sitzkissen hin und her.

Adalar nickte. „Wir werden es jedenfalls versuchen. Bitte, öffne für uns das Amulett."

Aethel reichte das Amulett zurück an Saria und diese strich wie beim ersten Mal liebevoll darüber. Wieder ertönte das metallische Klicken und das Amulett öffnete sich.

Die Ältesten beugten sich darüber.

„Hmm …“ Ing fuhr sich nachdenklich durch seinen Bart, „Könnt ihr sie lesen?“

Auch die anderen schienen zuerst ratlos. Sie konnten die Runen keiner bekannten Sprache zuordnen, auch keiner alten Sprache. Außerdem schien es fast so, als würden sie flimmern. So als läge ein Zauber auf ihnen, der verhindern wollte, dass die Botschaft gelesen werden konnte.

Eine Weile grübelten die Ältesten vor sich hin. Plötzlich erhellte sich Aethels Gesicht. „Die Amulette sind magisch und waren immer nur für ihre ursprünglichen Träger gedacht. Also waren sie sicher auch darauf ausgerichtet, dort am besten zu funktionieren, wo ihr jeweiliger Träger lebte oder mit welchem Element er sich verbunden fühlte.“

Die Freunde sahen sich verwirrt an, aber die übrigen Ältesten schienen genau zu verstehen, was Aethel meinte, denn alle machten sich auf zu einem kleinen Wasserspiel, das am südlichen Fenster stand.

Saria lachte. „Natürlich! Das Amulett des ewigen Meeres ist für das Wasser gemacht!“

Alle Piraten und die Ältesten stellten sich rings herum auf, jedoch war es kein gewöhnliches Wasserspiel. Das Wasser darin war Salzwasser und es schien immer in Bewegung. An einer Seite des Beckens türmte sich eine Welle auf, die dann sanft bis an den gegenüberliegenden Rand schwappte. Aethel legte das Amulett geöffnet hinein. Zuerst geschah nichts, doch plötzlich leuchteten die Runen auf und tanzten an die Wasseroberfläche. Sie schienen auf den kleinen Wellen zu reiten.

Nun erkannte sogar Tail die Runen, da es sich um Alt-Aquatische Zeichen handelte. „Das erste Zeichen steht für das Meer, das zweite für das Eis und das dritte für die Sonne“, erklärte sie.

Die Ältesten nickten. Tail hatte die Runen perfekt übersetzt. Also musste es zusätzlich zum Amulett des ewigen Meeres noch eins für das Eis und die Sonne geben.

„Aber wofür sind sie gut?“ Arius schaute fragend zu den Ältesten.

Godric überlegte. „So genau weiß das eigentlich niemand. In den Legenden heißt es nur, dass die Ursprungswesen damit ihre Magie bündeln und vereinen konnten. Ob das bei einem Piraten auch funktionieren würde und ob es die anderen Amulette noch gibt, weiß ich allerdings nicht.“

Wieder einen Schritt weiter, dachte sich Saria. Sie glaubte fest daran, dass es die anderen Amulette noch gab. Mehr denn je hatte sie den Wunsch, alle drei Amulette zu finden. Nicht auszudenken, was passieren könnte, wenn jemand Falsches an diese Macht käme und die Kraft der Amulette bündelte.

Die Piraten hatten nun einiges zu bedenken. Sie bedankten sich bei den Ältesten und wollten sich auf den Rückweg machen. Bevor sie aber das Baumhaus verließen, mussten sie den Ältesten noch ein Versprechen geben: Sollten sie die Amulette finden, würden sie ihre Macht nicht missbrauchen und den Ältesten berichten, was mit ihnen passiert war. Erst danach gingen sie zurück durch den magischen Wald bis zum gläsernen Tunnel.

Saria faszinierte dieser Tunnel, sie konnte sich an der Unterwasserwelt ringsherum kaum sattsehen. So bildete sie das Schlusslicht der Truppe und blieb unbemerkt etwas zurück, während sie einen Schwarm bunter Fische beobachtete. Plötzlich hörte sie ein seltsames Geräusch. Hatte gerade jemand ihren Namen gerufen? Saria schaute sich um, keiner ihrer Freunde war noch in Rufweite. Diese Stimme hatte sich zudem seltsam hell angehört. Erneut erklang der unbekannte Ruf. Bei genauerem Hinsehen glaubte sie, außerhalb des Tunnels etwas erkennen zu können. Sie machte einen Schritt darauf zu und …

„Curly, komm schon!“ In dem Moment kam Tail zurück, um sie anzutreiben.

Saria sah sie erschrocken an, dann drehte sie sich schnell wieder in Richtung Meer, aber das Wesen, was es auch immer gewesen war, war verschwunden.

KAPITEL XII

Marktbegegnungen

Auf dem Rückweg zur Elementia kamen die Freunde am Markt vorbei. Da sie hungrig waren, beschlossen sie, kurz haltzumachen um etwas zu essen. Sie wollten sich alsbald auf die Suche nach den Amuletten machen, aber mit leerem Magen suchte es sich nicht gut.

Der Markt im Hafen von Calvaria, war ein ganz besonderer Ort. Piraten aus allen Völkern verkauften und tauschten ihre Waren. Alles Mögliche und Unmögliche wurde feilgeboten und Gerüche und Geräusche vermischten sich zu einem aufregenden Wirrwarr. Die Anzahl der angebotenen Waren schien unendlich. Frische Fische und Gemüse, Haushaltswaren, Kleidung, Schmuck und seltsame mystische Gegenstände. Arius und Saria liebten diesen Ort, er war voller Überraschungen und es lag eine knisternde Energie in der Luft.

Ocean gab Arius seine Anweisung weiter und er las sie wie gewohnt vor: „Crew, ihr habt jetzt frei. Holt euch was zu essen und tut, was ihr tun müsst. In einer Stunde treffen wir uns an Deck der Elementia."

Nach diesen Worten stoben die Crew-Mitglieder in alle Himmelsrichtungen davon. Jeder für sich und jeder auf der Suche nach etwas Interessantem.

Arius wanderte in Gedanken versunken zwischen den Ständen entlang. Hie und da blieb er stehen und sah sich um. An einem Stand wurden frische Meerestiere angeboten. Arius hatte zwar keinen Appetit auf Fisch, aber die seltsame Auswahl lockte ihn an. Arius blickte auf glibberiges Seegras.

„Fideale, ganz frisch!" Voller Stolz pries der Aquaticus seine Ware an. Aber Arius machte einen Schritt rückwärts. Er verband dieses Seegras mit einer unschönen Begegnung mit blutrünstigen Atlantiden. Schnell ging er weiter. Schließlich kam er an den Rand des Marktes und blickte sich um. Da bemerkte er erst, wo er gelandet war. Vor ihm lag die dunkle Gasse, in der sie einst dem Inneren Kreis auf die Spur gekommen waren. Wie es dort wohl mittlerweile aussah?

Saria hatte sich indes in eine andere Richtung aufgemacht. Gerne besuchte sie die Stände mit den Schmuckwaren, auch wenn sie sich sicher war, dort kein weiteres Amulett zu finden. Schließlich hatte es beim letzten Mal nur geklappt, weil sie sich selbst das Amulett überreicht hatte. Während Saria vergnügt von Stand zu Stand schlenderte, entdeckte sie weiter hinten Hurrikan, die Kapitänin der Liberty. Saria fand es erstaunlich, dass die Windisch ihre Leitung einer so jungen Piratin übergeben hatten. Sie wollte sie diesmal darauf ansprechen.

Plötzlich stimmte direkt neben Saria ein Pirat ein Lied an und sie blickte erschrocken zu ihm. Mit seinem Akkordeon in den Händen spielte er ein schaurig-trauriges Seemannslied. Seine überraschend helle Stimme wollte so gar nicht zu seinem derben Äußeren passen. Saria schloss die Augen und hatte schlagartig einen schlaksigen

Jüngling vor ihrem inneren Auge. Doch in Wirklichkeit war es ein schmutziger alter Mann mit einem Bauch wie ein Fass. Saria drehte sich wieder um, weil sie doch mit Hurrikan sprechen wollte. Aber die Windisch war spurlos verschwunden. Schade!

Schritt für Schritt trat Arius weiter in die dunkle Gasse. Ein Schauer lief ihm eiskalt über den Rücken. Alles wirkte wie ausgestorben. Die Fenster waren dunkel und kaputte Fensterläden schlugen im Wind knarrend auf und zu. Nur eine einsame Katze streunte umher. Was für ein Unterschied zum belebten Markt im Hafen.

Bald schon stand er vor der Tür, durch die damals Darksoul und Fireeye verschwunden waren. Immer noch prangte oberhalb der Tür ein Kreis mit einem Punkt in der Mitte. Kurz scheute er sich weiterzugehen. Aber alle Mitglieder des inneren Kreises waren durch Sarias Welle davongespült worden. Was also sollte schon passieren? Er fasste seinen Mut zusammen und trat in das verfallene Haus ein. Die hölzerne Tür knarzte gespenstisch und ließ sich nur mit einem beherzten Schulterhieb öffnen.

Arius blicke sich um. Auch innen war alles dunkel und verwahrlost. Spinnweben hingen von der Decke und Staub flog durch den Luftzug der geöffneten Tür durch den Raum. Überall lag Zeug herum. Teller, Besteck, umgeworfene Stühle und ein paar Schuhe. Alltagsgegenstände, nichts, das Arius' Aufmerksamkeit erregte. Doch als er gerade schon wieder gehen wollte, blitzte in der Ecke etwas auf. Arius stockte in der Bewegung und ging mit vorsichtigen Schritten in die Richtung. Er fand einen Dolch. Sehr wahrscheinlich war er alt, denn solche aufwendig gefertigten Waffen gab es kaum noch. Der goldene Griff war reich verziert, die Ornamente zeigten kleine Szenen, die in einer paradiesischen Landschaft spielten. Man konnte eine strahlende Sonne erkennen und legendäre Wesen wie Drachen. Die Schneide war nicht mehr recht zu gebrauchen, aber Arius steckte ihn trotzdem ein. Irgendwie fand er ihn nichtsdestoweniger schön.

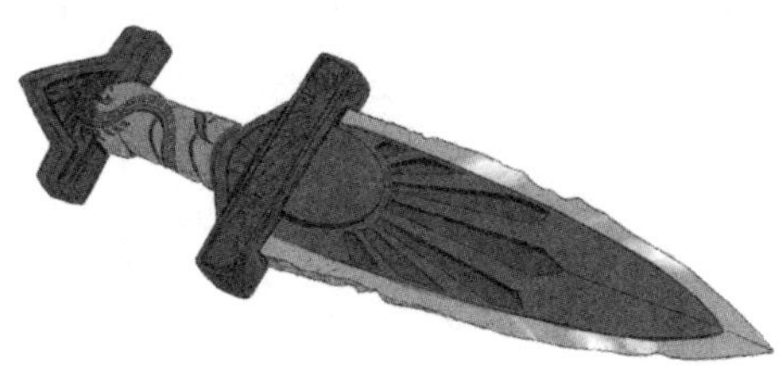

Zurück auf der Elementia, trafen auch bald seine Freunde ein. Die meisten hatten sich nur ein paar Leckereien gegönnt, bloß Feather hatte ausgiebig eingekauft. „Was? Das sind alles notwendige Dinge für einen Windisch."

Die Freunde grinsten, sie waren es bereits gewohnt, dass Feather eine Truhe voller mechanischer Spielereien in seiner Kajüte hortete. Dass er nun wieder allerhand Schrauben, Zahnräder, Metallplatten und kleinere Apparaturen erworben hatte, war also keine Überraschung. Denn so wie alle Windisch liebte er mechanische Gegenstände und hatte mit ihnen auch schon so manche schwere Prüfung bestanden.

KAPITEL XIII

Najade

Sobald sich die Crew in der Kombüse einfand, hielten sie eine Besprechung ab. Schließlich hatten sie einiges erfahren und es galt nun, die nächsten Schritte zu planen.

Saria war wie immer voller Tatendrang. „Wir müssen zur Suche nach den anderen beiden Amuletten aufbrechen. Wer weiß, was sie für Macht in sich tragen. Auf jeden Fall sollten sie nicht in falsche Hände geraten. Falls sie es nicht schon sind."

Tail stimmte ihr zu. „Mich würde auch interessieren, was passiert, wenn man alle drei Amulette vereint."

„Aber wo sollen wir mit der Suche anfangen? Bis jetzt haben wir nirgends etwas vom Verbleib der Amulette gehört", gab Feather zu bedenken.

Ocean beschrieb einen Zettel und reichte ihn an Arius weiter.

„Der Kapitän meint, wir sollen der einzigen Spur nachgehen, die wir haben, und das ist das Eis. Die Sonne ist ja bekanntlich überall, aber Eis gibt es nur hoch oben im Norden."

Arius war begeistert vom logischen Denken ihres Kapitäns. „Genau, Ocean! Und da es dort nur Eis und Schnee gibt, war bis jetzt auch kaum ein Pirat dort. Also könnte man dort sicher gut die Amulette verstecken."

„Die nordischen Gewässer liegen außerhalb des Calvarischen Meeres. Es ist kaum bekannt, was uns dort erwartet.“ Fireeye schien besorgt. Eis und Schnee waren sie nicht gewohnt, schließlich waren sie im Feuerland aufgewachsen.

„Aber es ist unser einziger Hinweis“, erwiderte Arius. „Ich bin dafür, dass wir Richtung Norden segeln.“

Die Crew blickte zum Kapitän und der nickte. Der neue Kurs stand also fest. Sie würden gen Norden in unbekannte Gewässer segeln. Mit mulmigem Gefühl legte sich die Crew in ihre Hängematten. Nur Ocean und Arius berechneten noch den Kurs anhand der Karten, bevor auch sie Schlafen gingen.

Beim ersten Sonnenstrahl machten sie die Leinen los und segelten in Richtung nordische Gewässer.

Nach ein paar Stunden auf See, sie hatten Calvaria bereits weit hinter sich gelassen, beschloss Saria, ihren täglichen Ausflug unter Wasser zu machen. Dass sie die Göttin der Meere war, fühlte sich immer noch befremdlich an. Sie hatte kaum eine Ahnung, was für Kräfte sie in sich trug. So etwas wie die tobende Kraft, mit der sie den Inneren Kreis vernichten konnte, hatte sie kein zweites Mal zustande bekommen.

Wie gewohnt machte sich die junge Göttin auf den Weg zum Meeresboden. Das Schwimmen fiel ihr immer leichter, auch wenn sie mit Tail natürlich noch nicht mithalten konnte.

Schon beim Hinabtauchen konnte Saria feststellen, dass das Meer ruhig war. Sie liebte die Stille und die Harmonie so tief unten. Alles schien im Einklang zu sein. Die Bewohner und selbst die Pflanzen bewegten sich im Rhythmus der Strömungen.

Saria schloss die Augen. Denn mit geschlossenen Augen konnte sie das Meer am besten fühlen, nur so wurde sie von nichts und niemandem abgelenkt. Doch normalerweise nahm sie sich die Zeit, sicher am Boden anzukommen, bevor sie mit ihrer Verbindung begann. Diesmal hatte sie es aber eilig, wieder zurück zu ihren Freunden zu kehren, und tauchte bereits mit geschlossenen Augen gen Meeresboden, um schon währenddessen Kontakt mit dem Wasser aufzunehmen. Doch das hätte sie lieber nicht getan. Denn so bemerkte sie nicht, dass sie einer schroffen Klippe zu nahe kam. Zu spät riss sie die Augen auf und knallte mit dem Kopf dagegen. Ein dumpfer Schmerz fuhr ihr in die Schläfen. Fluchend griff sie sich an die Stelle. Die magische Luftblase war noch intakt und Saria konnte sogar in sie hineingreifen und sich die schmerzende Stelle reiben. Ein Blick auf ihre Hand zeigte, dass sie nicht blutete, trotzdem wurde ihr auf einmal furchtbar schwindelig. Ein Gefühl der Übelkeit durchfuhr sie. Saria wusste, sie musste sich nun zusammenreißen, ansonsten konnte das hier ein böses Ende nehmen. Sie versuchte, einen klaren Kopf zu bekommen, doch sie sank dabei immer tiefer und tiefer. Wie von einer unsichtbaren Kraft gezogen.

Es dauerte, bis Saria begriff, dass sie schon viel zu weit in die dunkelsten Tiefen einer Schlucht im Meeresboden vorgedrungen war. Der Sog nach unten war nun so stark, dass sie nicht mehr dagegen ankam. Mit aller Kraft strampelte sie mit ihren Füßen. Schnell griff sie an ihr Amulett, konzentrierte sich und schoss einen starken Wasserstrahl Richtung Sog. Der Sog gab einen kurzen Moment nach, wurde gleich darauf aber noch stärker. Saria versuchte es ein weiteres Mal, aber vergeblich. Was konnte das sein?

Ein normaler Wasserstrudel müsste ihr doch gehorchen! Plötzlich entdeckte sie rund um sich herum weiße leuchtende Punkte im tintenschwarzen Wasser. Sie schienen näher zu kommen.

Saria erstarrte. Solche Wesen hatte sie noch nie gesehen. Ihre Oberkörper glichen denen von jungen Mädchen, ihre Unterkörper zierten Fischschwänze. An den Seiten und am Rücken trugen sie lange durchscheinende Schwimmflossen, die sich anmutig im Wasser bewegten, so als würden sie mit Tüchern tanzen. Zwei besonders große Flossen wuchsen aus ihren Rücken, was aussah, als hätten sie beeindruckende Unterwasserflügel. Ihre Bewegungen waren elegant und fast schon hypnotisierend. Doch etwas stach aus ihrer ansonsten so lieblichen Erscheinung heraus: das Gesicht. Es war weder menschlich noch tierisch, es schien aus einer anderen Welt. Mit riesigen weißen Augen und einem breiten Maul. Saria war fasziniert und erschrocken zugleich. Diese Wesen schienen sie irgendwie mit ihren Blicken zu fesseln, sodass Saria vergaß zu flüchten.

Plötzlich schossen die Kreaturen zu Saria und rissen ihre Mäuler auf. Diese waren kreisrund und übersät von spitzigen Zähnen. Saria zuckte zusammen, sie musste zur Besinnung kommen. Sie wandte den Blick ab und konzentrierte sich. Sobald sie sich aus ihrer Starre gelöst hatte, fiel es ihr wie Schuppen von den Augen: Das waren die berüchtigten Meerjungfrauen! Die schrecklichen, gefährlichen Raubtiere.

Nun lag es an ihr, die Kontrolle über die Situation zu gewinnen. Immer wieder schlich sich Angst in ihr Herz, aber sie wusste, jetzt war keine Zeit für Mutlosigkeit.

Saria versuchte, ganz bei sich zu bleiben und mit der Macht des

Amuletts in Kontakt zu treten. Wie mit Tail geübt, schoss sie einen Wasserstrahl nach dem anderen auf die Meerjungfrauen ab. Aber es waren zu viele Angreifer. Saria konnte sie nicht zählen, bestimmt mehrere Dutzende. Immer wieder krallten sich die Meerjungfrauen in ihre Haut. Lange würde sie ihnen nicht mehr standhalten.

Auf einmal sah Saria ein blaues Leuchten. Wie ein Komet kam es auf sie zugerauscht. War das ein weiterer Angreifer? Es schien sie zu packen und nach oben zu ziehen. Die Meerjungfrauen schossen ihr sofort nach. Kreischend schnappten sie mit ihren Zähnen nach Saria und krallten sich in ihre Arme und Beine. Doch sobald das Meer von Tintenschwarz in Dunkelbau überging, ließen die Biester von ihr ab. Wild schimpfend verzogen sie sich zurück in die Dunkelheit.

Ihr Retter setzte Saria behutsam auf einem Klippenvorsprung im sicheren Gewässer ab und blickte sie neugierig an. Saria verstand erst nicht, was sie da sah. Das Wesen sah aus wie ein Vogel mit langen Schwanzfedern, weiten Flügeln und einer Federkrone wie bei einem Pfau. Aber es schien komplett aus Wasser zu bestehen. Der Vogel flatterte – obwohl er unter Wasser war – direkt vor Sarias Gesicht, fast als wolle er „Hallo“ sagen.

„Danke!“ Saria konnte mit ihrer Luftblase problemlos zu dem Tier sprechen, auch wenn sie nicht wusste, ob es sie verstand. „Wer bist du?“

„Ich bin Najade.“ Saria weitete die Augen. Der Vogel hatte ihr geantwortet! Und dazu hatte er nicht einmal seinen Schnabel geöffnet. Seine Stimme hatte in ihrem Kopf warm und hell geklungen, mit einem kleinen Rauschen darin. Fast wie bei einem Bach. Anscheinend konnte er mit ihr so kommunizieren, wie es die Feueraugen untereinander taten.

Versuchsweise stellte sie ihre nächste Frage nur in Gedanken: „So jemanden wie dich hab ich noch nie gesehen. Was bist du?“

Der Vogel neigte den Kopf zur Seite und blickte ihr direkt in die Augen. „Ich bin der Einzige meiner Art. Ich bin ein Oceanix.“

„Erzähl mir mehr von dir!“

Najade schloss seine Flügel und setzte sich auf den felsigen Untergrund. „Was möchtest du denn wissen?“

Saria überlegte. „Warum bist du zu mir gekommen?“

Der Oceanix neigte wieder den Kopf. „Weil du die Göttin der Meere bist und in Gefahr warst. Seit jeher begleitet der Oceanix die Meeresgöttin, um ihr zu helfen. Ich bin dein Begleiter.“

„Wow … Das ist ja unglaublich!“ Saria staunte, doch gleich im nächsten Augenblick wurde sie nachdenklich. „Aber die meiste Zeit bin ich auf einem Schiff unterwegs. Ich habe dort oben eine Crew, zu der ich gehöre, und komme nur gelegentlich ins Meer.“

Najade nickte. „Das ist okay. Ich muss nicht immer bei dir sein, aber du kannst mich immer zu dir rufen. Sogar an Land. Du musst nur meinen Namen sagen und ich werde da sein, wenn du mich brauchst.“

Saria schaute den Oceanix bewundernd an. Ein eindrucksvolles Tier und nun sollte es ihr ständiger Begleiter werden? Sie wusste nicht, wieso, aber sie hatte sofort eine innige Verbindung zu dem Oceanix. Vielleicht, weil es ihr vorbestimmt war, vielleicht aber auch, weil er mit seinen meeresblauen Augen direkt in ihr Herz blicken konnte. Plötzlich hatte sie eine Eingebung. „Najade, warst du vor Kurzem zufällig in der Nähe der Hallen von Calvaria?“

„Natürlich, ich bin immer in deiner Nähe.“

Saria strahlte. „Dann habe ich dich also vor dem Tunnel entdeckt! Es hat sich angefühlt, als hättest du mich gerufen."

Najade legte wieder den Kopf schief. „Das kommt daher, dass wir uns sehr verbunden sind. Wenn du also meine Hilfe brauchst, zögere nicht, mich zu fragen."

„Kannst du mir sagen, wo wir eins dieser Amulette finden können?" Saria zeigte auf den Schmuck an ihrem Hals. „Wir haben gelesen, dass ein weiteres mit dem Eis in Verbindung steht. Wir wollten Richtung Norden, um danach zu suchen."

Najade überlegte. „Ich habe einmal vom Amulett des immerwährenden Eises gehört. Es soll zuletzt in Fimbulwinter gesehen worden sein. Aber gebt acht, es haben sich nur wenige Piraten je dorthin getraut – und die sind nie zurückgekehrt."

Saria verarbeitete die Neuigkeiten. „Amulett des immerwährenden Eises, Fimbulwinter … weißt du auch, wo dieser Ort liegt?"

„Das kann niemand so genau sagen. Es heißt, die Insel kann nur von wenigen gefunden werden, da sie nie am selben Ort ist." Najade schüttelte ihre Wasserfedern auf.

„Ich danke dir trotzdem. Du hast uns sehr geholfen. Ich muss jetzt nach oben und den anderen von den Neuigkeiten erzählen."

Saria schwamm von dem Felsvorsprung, strich Najade über die Wasser-Federnkrone und verabschiedete sich. Dies war ein aufregender Ausflug unter Wasser gewesen. Erschreckend, aber vor allem erfreulich. Najade war ihr sogleich ans Herz gewachsen. Sie war froh, dieses unglaubliche Tier kennengelernt zu haben, und machte sich langsam auf zur Oberfläche zurück.

KAPITEL XIV

Dunkle Geheimnisse

„Das kann nicht sein!“ Tail schüttelte ungläubig den Kopf. Was Saria ihnen da erzählt hatte, konnte sie einfach nicht glauben. „Von einem Oceanix habe ich noch nie gehört, und ich bin Aquasierin! Wir kennen alle Unterwasserlebewesen.“ Obwohl sie sich da nicht mehr ganz sicher war. Denn nach dem, was sie in den Gärten der Weisheit erlebt hatte, schien alles möglich.

„Er ist der Einzige seiner Art und sein Name ist Najade. Oh, und Meerjungfrauen sind echt richtige Biester!“

Nun war sich Tail sicher, dass Saria sie auf den Arm nahm. Wäre sie wirklich Meerjungfrauen begegnet, wäre sie ganz bestimmt nicht auf die Elementia zurückgekehrt. Andererseits waren da die seltsamen Kratzspuren auf Sarias Unterarmen … Auch die anderen schienen nicht überzeugt, aber bei Saria war alles möglich. Die Informationen über die wandernde Insel waren jedoch sehr aufschlussreich. Am Ende war es egal, woher Saria ihre Information hatte; es war zumindest eine Bestätigung, in die richtige Richtung unterwegs zu sein.

Arius fasste zusammen: „Dann ist unser Kurs also der richtige. Aber wenn diese Insel nicht gefunden werden kann, warum sollten dann ausgerechnet wir es können?“

Darauf wusste niemand eine Antwort. Sie konnten nur hoffen, dass das Glück auf ihrer Seite war und sie den Weg von Fimbulwinter kreuzen würden.

Saria war es egal, dass die anderen nicht an Najade glauben wollten, oder daran, dass sie Bekanntschaft mit den Meerjungfrauen gemacht hatte, sie wusste es ja besser. Sie beschloss, in ihre Kajüte zu gehen und den heutigen Eintrag für das Logbuch zu schreiben. Immer noch schrieb sie täglich darin. An ihrem kleinen Holztisch mit den vielen Kerzen. Auch wenn dieses Buch nicht magisch war wie das letzte, verspürte sie eine innere Zufriedenheit, wenn sie die Ereignisse eines Tages darin festhielt.

Arius übernahm währenddessen ihren Posten im Ausguck und starrte in die Ferne. Eine kribbelnde Aufregung stieg in ihm auf, wenn er an das dachte, was vor ihnen lag. Sie verließen die bekannten Gewässer und drangen weit in den Norden vor. Dorthin, wo kaum ein Pirat gewesen war. Ob sein Vater auch ein Abenteurer war und sich in den Norden gewagt hatte? Oder war er vielleicht bei den Feueraugen untergetaucht? Am Ende lebte er schon gar nicht mehr …

Arius' Gedanken schweiften weiter. Er war inzwischen sehr gut darin geworden, seine Fähigkeiten zu nutzen, sei es die der Feuerländer als auch die der Trockenländer. Er war ein vollwertiger Elementarier, aber trotzdem, irgendwie spürte er, dass da noch mehr war, das er unbedingt herausfinden musste. Vielleicht hält der Norden ein paar Antworten für ihn bereit. Er wünschte es sich sehr.

Nachdem Saria ihren Eintrag beendet hatte, löste sie Arius im Ausguck ab. Es war ihr Lieblingsplatz auf dem Schiff, hier oben hatte sie das Gefühl, die ganze Welt zu überblicken, und sie roch das Meer, mit dem sie sich so verbunden fühlte. Auch sie dachte an die Aufgabe, die vor ihnen lag. Nachdenklich umschloss sie das Amulett mit ihrer Hand. Sie dachte an Fimbulwinter und nur zu sich selbst wisperte sie: „Amulett des immerwährenden Eises, Amulett der Sonne, ich werde euch finden."

Plötzlich überkam sie ein fröstelndes Gefühl und die Luft um sie herum wurde eiskalt. Sarias Herz pochte laut. Was passierte hier gerade? Ein leichter Wind umspielte sie und es war, als hörte sie die Worte: „Komm, komm …"

Immer wieder durchfuhr sie erneut ein Windhauch, der sie zu sich zu rufen schien. Saria spürte die Magie in der Luft, aber passierte das wirklich?

Sie schüttelte sich, nun ging wieder einmal ihre Fantasie mit ihr durch. Sie musste sich zusammenreißen, ansonsten nahm sie bald niemand mehr ernst.

Mehrere Stunden lang blieb die Fahrt der Elementia ereignislos, einzig die Luft wurde immer rauer und die Sonne zeigte sich immer seltener. Zeichen dafür, dass sie immer weiter in den Norden vordrangen, immer weiter an den Rand des Calvarischen Reichs.

„Crew, hört mal her!" Arius hatte neue Anweisungen vom Kapitän erhalten. „In den nächsten Tagen sollten wir die Grenzen Calvarias erreichen. Kurz davor liegt eine Insel. Sie gehört zu den Orten, wo sich normalerweise nur Abtrünnige und Gesetzlose herumtreiben. Da wir aber keine passende Kleidung für die eisigen Temperaturen haben, müssen wir dort Halt machen und uns mit Fellen und warmen Stiefeln ausrüsten. Ihr müsst vorsichtig sein, geht nirgends allein hin, auf dieser Insel ist ein Leben kein Silberstück wert."

„Klingt ja einladend. Hätten wir die Felle nicht auch schon auf dem Markt in Calvaria kaufen können?" Feather schaute skeptisch in die Runde.

Doch Darksoul grinste. „Du hast ja deine Flügel. Wenn's dir zu heiß hergeht, kannst du einen Abflug machen."

Saria lachte. „Der war gut, der hätte auch von mir sein können. Außerdem, hast du in Calvaria schon einmal Felle und dicke Stiefel gesehen?"

Da musste Feather ihr recht geben, Felle waren im Calvarischen Reich Mangelware, schließlich war es dort nie richtig kalt.

Die Tage vergingen wie im Flug und das ereignislos. Die Crew ging ihren täglichen Aufgaben nach, sie schrubbten das Deck, bekochten ihre Freunde und übten sich in ihren magischen Fähigkeiten.

Und Saria verbrachte die meiste Zeit im Wasser oder im Ausguck und hielt Ausschau. Da tauchte langsam die Insel in der Ferne auf. Zum Glück. Sie zitterte bereits vor Kälte und der Wind hier oben machte es auch nicht besser. Schnell nahm sie ihr Fernrohr zur Hand und blickte sich die Insel der Aussätzigen an.

Es war ein seltsamer Ort. Am ehesten hätte man sie mit einem Haufen Sperrmüll vergleichen können. Schiffsteile, Hütten und anderer Kram türmten sich mehrere Mast hoch auf. Über wacklige Leitern und Strickleitern gelangte man in die oberen Bereiche.

Alles schien beim leichtesten Windhauch zu wackeln und doch nicht umzufallen. Es wirkte nicht, als würde diese Insel einem Winter standhalten, aber es musste so sein, denn an manchen Stellen lag bereits Schnee. Inzwischen war die Elementia schon so nahe, dass Saria das Fernrohr nicht mehr brauchte. Sie konnte die Details auch so erkennen und riechen. Denn es roch nach Rum und Flintenpulver und in und an den Hütten brannten die Öllaternen. Bald würden die Freunde herausfinden, dass das Aussehen dieses Ortes gut zu seinen Bewohnern passte.

Die Elementia legte an einem Steg etwas abseits des Geschehens an. Sie hofften, so weniger Aufmerksamkeit auf sich zu ziehen.

Arius las noch eine Anweisung des Kapitäns vor: „Da wir hier auf gesetzlosem Boden sind, können wir die Elementia auf keinen Fall allein lassen. Damit wir sie so vielseitig wie möglich verteidigen können, sollen Darksoul, Curly und Feather an Bord bleiben. So können sie Angreifer mit Feuer, Wasser und aus der Luft abwehren. Der Rest macht sich auf den Weg, die Kleidung zu besorgen. Aber bleibt zusammen!“

So machten sich Arius, Ocean, Fireeye und Tail auf den Weg in die Baracken-Stadt.

Trotz der Laternen wirkten die Gassen dunkel und bedrohlich. Die Türen der Häuser hingen teils aus den Angeln, an anderen Stellen fehlten sie komplett. Fenster waren zerborsten und der Putz fiel von den Wänden. Bereits in den ersten Gassen trafen sie auf Piraten, die sich rauften. Der eine warf den anderen aus dem dritten Stock einer Spelunke, während ein Hund lautstark bellte. Keine fünf Schritte weiter war eine Schießerei im Gange. Zum Glück drohte aber kaum Gefahr, da die Schützen schon so tief ins

Glas geblickt hatten, dass sie kaum wussten, was sie taten. Denn unwissentlich schossen sie ohne Munition.

„Angenehme Atmosphäre hier." Tail fühlte sich nicht wohl zwischen den ganzen Gesetzlosen. Sie zog ihren Kopf ein und versuchte nicht zu sehr aufzufallen.

Den anderen ging es ähnlich und so gingen sie schnell weiter, bis sie einen Kaufladen fanden, wo Stoffe und Kleider angeboten wurden. Über eine Strickleiter mussten sie in den zweiten Stock, um den Eingang des Ladens zu erreichen. Von außen schien es eins der weniger verwahrlosten Gebäude zu sein. Immerhin gab es Fenster und eine Tür. Auch ein noch lesbares Schild pries die zu kaufenden Waren an.

Im Inneren erwartete die Freunde ein großer, dunkler Raum, wo sich ein Stapel Felle an den nächsten reihte. Stoffe aller Farben hingen von der Decke und es roch nach Färbe- und Gerbmittel.

Arius blickte sich um, konnte aber niemanden entdecken. „Ist das hier ein Selbstbedienungsladen oder ist der Besitzer mit den gleichen Tätigkeiten beschäftigt wie die anderen Trunkenbolde?"

„Schön langsam, junger Mann." Die Freunde erschraken. Ein kleiner, alter Mann kam hinter einem der Fellstapel hervor. Er ging gebückt und war hinter den Stoffen nicht zu sehen gewesen.

„Ich weiß ja nicht, wie ihr es im Trockenland so handhabt, aber wir hier stehlen nur, wenn niemand zusieht."

Fireeye versuchte zu vermitteln: „Entschuldigt, wir haben Euch nicht gesehen. Wir brauchen warme Kleidung und Stiefel."

Der alte Mann richtete sich, so gut es ging, auf. „Na bravo, wenn jetzt schon die Feueraugen ein besseres Benehmen an den Tag legen als die Trockenländer, steht wohl ganz Calvaria bald Kopf."

Die Freunde verzichteten darauf, dem Mann zu erklären, dass sie eigentlich beide Elementarier waren, und erklärten ihm lieber, was sie brauchten.

Trotz seiner unfreundlichen Art hatte der Mann alles, was die Piraten suchten. Sie besorgten Stiefel und Fellmäntel für die ganze Crew. Ocean wies Arius an zu bezahlen. Immer noch legte die Crew ihre Münzen zusammen, um damit alles Nötige wie Proviant und Ausrüstung zu besorgen. Streit hatte es deshalb noch nie gegeben.

Arius ging mit dem alten Mann zum Verkaufstresen, um zu bezahlen, während die anderen ihre Einkäufe zusammenschnürten und vor den Laden in einen Lastenaufzug legten.

Der Alte, der kaum über den Tresen blicken konnte, rechnete die Waren auf einem Zettel zusammen.

„Das macht hundertfünfundzwanzig Calvarias."

Arius wusste, dass der alte Mann so viel wie möglich herauszuschlagen versuchte. „Das ist zu viel!", feilschte er deshalb. „Mehr als neunzig bekommst du nicht."

Der Kopf des alten Mannes schnellte nach oben. „Du frecher kleiner Wiederl…" Plötzlich stockte er und schaute Arius durchdringend an. „Dich kenn ich doch!"

Arius war verwirrt, er hatte diesen Mann noch nie gesehen und auch diese Insel hatte er noch nie betreten. „Das kann nicht sein. Ich hab Euch sicher niemals vorher getroffen."

„Lügner! Du bist doch dieser Elementarier. Dieser abartige, abtrünnige Pirat, der mit der dunklen Magie experimentiert."

Arius verstand die Welt nicht mehr. „Ihr irrt euch. Wir haben uns noch nie gesehen. Ich weiß nicht, wovon ihr da sprecht."

Der Alte sah ihn noch genauer an. „Hmm … vielleicht doch zu

jung. Ach, was soll's! Gib mir einfach hundertzehn Calvarias und verschwinde."

Arius gab dem Alten die Münzen. Er wollte nicht noch länger mit ihm diskutieren.

Als er den anderen nach draußen folgte, dachte er noch einmal über die seltsame Situation nach. Mit wem hatte der alte Mann ihn nur verwechselt und warum hatte er gewusst, dass er Elementarier war?

KAPITEL XV

Wie ein Schatten

Diese Insel war dem Mienai ein Graus. Es beobachtete die seltsame Crew nun schon seit längerer Zeit, aber an diesen Ort wäre das Schattenwesen ihnen lieber nicht gefolgt. Es hatte die Piraten bereits zurück nach Calvaria begleitet, ihre Spur aber in den Hallen von Calvaria verloren. Später war ihnen das Wesen übers Meer gefolgt und hatte sogar von Najade erfahren. Es war immer in ihrer Nähe gewesen. Das Mienai verstand es, anwesend zu sein, ohne aufzufallen – wie ein Schatten eben. Fast unsichtbar, wie es seine Aufgabe verlangte.

Diese Insel aber verlangte ihm alles ab. Der Lärm, die Gerüche und die vielen unfreundlichen Piraten waren gegen seine Natur. Aber es half nichts, wenn das Wesen nicht in der Nähe dieser jungen Piraten blieb, konnte es weder seine Gabe bei ihnen einsetzen noch konnte es mehr über sie herausfinden.

Gerade hockte das Mienai zwischen mannshohen Stoffstapeln und beobachtete, wie die Piraten Felle einkauften. Sie wollten weiter nach Norden, das wusste es bereits. Das Mienai musste zugeben, diese Crew war eine ganz besondere. Sie hatten unglaubliche Fähigkeiten und schienen immer jemanden zu finden, der ihnen weiterhalf. Das Schattenwesen musste sich bald etwas einfallen lassen, wenn es verhindern wollte, dass sie zu viel erfuhren.

Gerade packten sie die gekauften Stoffe und Felle ein und einer von ihnen bezahlte an der Theke. Das Mienai wurde hellhörig, als es das Gespräch belauschte.

„Dich kenn ich doch!“, sagte der Alte.

„Das kann nicht sein. Ich hab Euch sicher niemals vorher getroffen“, beteuerte der jüngere Pirat.

„Lügner! Du bist doch dieser Elementarier. Dieser abartige, abtrünnige Pirat, der mit der dunklen Magie experimentiert“, beschimpfte ihn der Alte.

Und es waren genau diese Worte, die das Mienai aufhorchen ließen, denn es kannte einen Dunkelmagier. Alle Mienai kannten ihn, denn nur ihm war es in all der Zeit gelungen, an die Macht der Amulette zu kommen. Nur für ganz kurze Zeit, aber lange genug, um Schaden anzurichten. Die Mienai hatten es damals geschafft, ihm die Amulette zu entreißen, aber der Dunkelmagier war ihnen entwischt. Sie hatten gehofft, er wäre verschwunden, aber vielleicht hatte er nur Kräfte sammeln müssen, um erneut anzugreifen. Nicht auszudenken, was passieren würde, wenn dieser dunkle Elementarier wieder an die Macht der Amulette käme!

Der junge Pirat verließ verwirrt den Laden. Der Alte jedoch schüttelte den Kopf und brummelte vor sich hin. „Vielleicht ist er’s doch! Einem dunklen Magier kann man nie trauen. Zum Glück hat er sich vom Acker gemacht …“

Das Mienai überlegte, ob der Alte wohl recht haben könnte. Konnte dieser junge Pirat am Ende der gefährliche Dunkelmagier sein, der bereits vor Jahren sein Unwesen getrieben hatte? Das Wesen wusste es nicht. Noch nicht. Jetzt hieß es, nur noch vorsichtiger zu sein und diese Crew auf keinen Fall mehr aus den Augen zu lassen.

KAPITEL XVI

Stürmische Einkehr

Als Arius grübelnd aus dem Laden kam, lief er geradewegs in seine Freunde hinein.

„Wie immer stürmisch!", meinte Tail grinsend. Sie war es inzwischen gewohnt, dass Arius manchmal zu sehr in seinen Gedanken versunken war.

Fireeye hingegen musterte ihn. „Ist etwas passiert?"

Arius schüttelte den Kopf. „Nein, alles gut. Der Alte war nur etwas seltsam, aber was will man auf so einer Insel auch anderes erwarten? Wollen wir uns noch bei einer heißen Ziegenmilch aufwärmen?"

„Zur Pirateninsel" war der wenig einfallsreiche Name der Taverne, die die vier Freunde ansteuerten. Obwohl sie von außen ruhig wirkte, war es drinnen voll. Die Taverne war in dunklem Holz gehalten und die Laternen erleuchteten nur schwach den Schankraum. An den Wänden hingen Harpunen und Säbel und von der Decke baumelten Jagdtrophäen. Darunter sogar ein seltsames Skelett. Irgendwie ähnelte es einem Menschen, aber auch einem Fisch. Der Geruch war wenig einladend, was aber wahrscheinlich mehr an den ungewaschenen Piraten als an den servierten Getränken und Speisen lag. Die Gäste unterhielten sich alle lautstark und die, die es nicht taten, waren über den Tischen eingeschlafen.

Die Freunde setzten sich in eine Ecke und versuchten, so wenig Aufmerksamkeit wie möglich zu erregen. Was zunächst auch gut klappte. Denn anders als in anderen Ländern Calvarias schien es hier niemanden zu kümmern, zu welchem Volk sie gehörten. Am Ende kämpfte hier jeder nur für sich selbst.

„Viermal heiße Ziegenmilch, und das pronto!" Arius bestellte ohne die üblichen Höflichkeitsformen, die wären unter solchen Piraten völlig fehl am Platz gewesen.

Der Schankbesitzer zuckte nur mit den Schultern und ging zurück hinter den Tresen, um die Ziegenmilch zuzubereiten.

„Diese Reise in den Norden … Glaubt ihr, wir machen einen Fehler?", fragte Fireeye plötzlich und schaute zu Ocean.

Dieser schrieb auf einen Zettel und schob ihn zu Arius. Da es aber in der Taverne ziemlich dunkel war, konnte Arius ihn kaum lesen. Er entzündete eine kleine Flamme und hielt sie über das Papier. Aber das hätte er besser lassen sollen.

Ein lautes Rumpeln ließ die Gruppe hochschrecken. Ein Pirat war wutentbrannt hochgesprungen und hatte dabei seinen Tisch umgeworfen. „Verschwinde hier, du dunkler Wicht!" Mit erhobenen Fäusten kam er auf die Gruppe zu und schaute Arius tief in die Augen. „Dich wollen wir hier nicht mehr. Unsere Insel ist zu gut für einen wie dich!"

Was hatte das schon wieder zu bedeuten? Arius hob abwehrend die Hände. „Kumpel, du verwechselst mich. Ich will euch nichts Böses. Wir trinken hier nur etwas miteinander."

„Ja, genau! Würde ich auch sagen, wenn ich du wäre. Raus hier, sofort.“ Der zornige Pirat schaute sich nach seinen Begleitern um, und sogleich standen sie ihm zur Seite.

„Was ist hier los?“, schrie Tail mit schriller Stimme.

Aber auch Arius hatte keine Ahnung. Schnell stand er auf. Ocean versuchte, seinen Freunden zu deuten, sich zu beruhigen.

Der pöbelnde Pirat machte einen Schritt auf Arius zu. „Wenn du nicht sofort verschwindest, zeige ich dir, was so alles in mir steckt.“ Die roten Augen des Piraten glühten auf. Natürlich war er ein Feuerauge, was sonst? Ocean stellte sich dazwischen und hob beschwichtigend die Hände. Mit eindringlichem Blick brachte er Arius zur Vernunft. Auch der Unruhestifter verstand, dass die Freunde nun friedlich gehen wollten. Widerwillig und mit bösem Gemurre ließen sie die Freunde ziehen. Zum Glück konnten sie die Taverne ohne weitere Auseinandersetzungen verlassen.

Vor der Tür wendete sich der Kapitän an Arius und fragte mit seinem Blick nach dem Warum. Arius aber zuckte nur mit den Schultern, er wusste wirklich nicht, was hier auf dieser Insel vor sich ging. Nur eine kleine Ahnung hatte er, aber dieser wollte er lieber nicht zu sehr auf den Grund gehen. Eins aber wusste er: Mit wem er da auch immer verwechselt wurde, schien niemand zu sein, dem man gerne begegnete.

KAPITEL XVII

Fremde Gewässer

Zurück auf der Elementia, zogen sich die Crew-Mitglieder dankbar die wärmende Kleidung über und stachen erneut in See, immer weiter gen Norden. Während die ersten Schneeflocken fielen, verließen sie das vertraute Calvarische Hoheitsgebiet. Jeder Pirat wusste, dass außerhalb von Calvaria noch weitere Länder lagen, aber nur die wenigsten hatten versucht, die unerforschten Welten zu entdecken, weil sie als unwegsam und ertragsarm galten.

Stunde um Stunde segelten die Piraten immer weiter Richtung Ungewissheit. Die Luft war inzwischen so kalt, dass man den Atem sehen konnte, und das Meer war kristallklar und schimmerte in einem leichten Türkis. Immer wieder fing es an zu schneien, und wenn der Wind auffrischte, fühlte sich die Haut an, als würden Tausende Nadeln auf sie einstechen. Die drei Feuerbeschwörer entfachten immer wieder kleine Feuer, um die Crew warm zu halten.

„Da zahlen sich unsere Feuerteufel mal so richtig aus!" Saria war kurz aus dem Ausguck gekommen, um sich an einem der Feuer aufzuwärmen.

„Haha!" Darksoul verdrehte die Augen. „Für mehr sind wir ja nicht zu gebrauchen."

Saria lachte, denn wie immer hatte sie nur etwas scherzen wollen.

Plötzlich fuhr ein Rucken durch die Elementia.

„Was war das?“ Tail rannte zur Reling und blickte ins Meer. „Ich kann nichts sehen, aber da war plötzlich eine Welle.“

Saria stieg schnell zurück in den Ausguck, um einen besseren Überblick zu bekommen. Erwartungsvoll blickten die anderen nach oben und warteten auf ihren Bericht.

„Ich weiß nicht genau, was da ist, aber das Wasser ist nur rund um unser Schiff aufgewühlt. Das restliche Meer ist ruhig.“

Das rief Erinnerungen hoch. Arius wandte sich gleich an Tail. „Könnte das wieder so ein Riesenhai sein? Oder gibt es noch mehr so gefährliche Meermonster?“

Tail zog die Schultern hoch. „Das kann ich nicht sagen. Es gibt so einiges unter Wasser. Vielleicht ist es auch bloß eine Herde Hippokampen. Soll ich mal runtertauchen?“

Doch Ocean hielt sie zurück. Er wollte gerade Anweisungen auf einen Zettel schreiben, als etwas Silbernes backbord auftauchte.

„Was war das?“ Ocean und Arius liefen hin, aber es war bereits wieder unter Wasser verschwunden. „Saria, konntest du es sehen?“

„Nicht richtig. Es sah schlangenartig aus, aber auch silbern wie Metall.“

In diesem Moment tauchte steuerbord eine riesige Schwanzflosse auf, die mindestens die Größe einer Walflosse hatte. Laut patschend tauchte sie wieder unter. Gleich darauf blitzte wieder backbord ein Stück der Kreatur auf. Das Tier wirkte wie eine riesige silberne Seeschlange mit metallischen Schuppen und fächerartigen Flossen. Die Elementia wurde durch die Kreatur wild umhergestoßen und die Freunde hielten sich nur mit Müh und Not auf den Beinen.

Darksoul taumelte zu Arius und Ocean. „Die Bestie muss gigantisch sein. Was sollen wir tun?“

Arius drehte sich zu Tail. „Weißt du jetzt, was das ist?“

Tail schüttelte heftig den Kopf. „Nein, so etwas gibt es unter Wasser eigentlich nicht. Aber mittlerweile glaube ich, dass nicht mal wir Aquaticus genau sagen können, was da im Meer alles herumschwimmt.“

In diesem Moment rammte das Untier das Schiff und die Besatzung wurde umgestoßen. Auch Saria in ihrem Ausguck musste sich gut festhalten, um nicht herunterzufallen.

Sie konnte nicht glauben, was sie da sah. Auf allen Seiten des Schiffs schien nun ein Stück des Ungeheuers aus dem Wasser zu ragen. Es musste so lang sein wie vier große Segelschiffe. Nur den Kopf hatte sie bis jetzt noch nirgendwo ausmachen können.

Ocean holte einen Zettel heraus, und noch während der Kapitän schrieb, las Arius vor: „Alle auf Position, wir versuchen, das Biest mit Feuerkraft und Flinten wegzuscheuchen.“

Schnell hatten die Piraten ihre Positionen eingenommen und beschossen das Untier von allen Seiten. Aber anders als erwartet schreckte es davon nicht zurück. Die Kugeln, die es trafen, erzeugten nur ein metallisches Geräusch und prallten von seinem Körper ab. Auch die Feuerbälle machten dem Biest nichts aus. Es schien, als würde es nicht das Geringste spüren.

„Was ist mit dem Ding? Warum richten unsere Feuerbälle nichts bei ihm aus?“ Fireeye war ratlos.

Da tauchte ganz in der Nähe von Tail wieder ein Stück Körper auf. Schnell lief sie näher hin und streckte die Hand danach aus.

„Das gibt es doch nicht!“ Tail wandte sich zu ihren Freunden um. „Das ist gar kein Tier, es ist eine Maschine! Sein Körper besteht komplett aus Metallplatten.“

Das erklärte, warum reine Feuerkraft dem Untier nichts ausmachte. Aber wie sollten sie sich vor so einem Angreifer verteidigen?

Bevor sie eine Taktik besprechen konnten, schoss am Heck der Kopf der Maschine aus dem Wasser. Er war fast so groß wie die Elementia selbst und glich einem silbernen Drachen. Er hatte Hörner und seine Augen leuchteten in einem hellen Blau. Aus der Nase schossen graue Dampfschwaden und hinter den Hörnern konnte man Zahnräder und Riemen ausmachen.

Arius starrte staunend zu dem metallischen Ungeheuer hinauf. Es war furchterregend und beeindruckend zugleich. Und wirkte für eine Maschine erschreckend lebendig.

„Unglaublich! Wo kommt so etwas her?“

„Das ist jetzt nicht wichtig!“ Feather zeigte auf das Maul. „Wichtiger ist, wie werden wir es wieder los?“

Nun sahen es auch die anderen. Das Untier öffnete das riesige Maul. In seiner Kehle sah man eine Art metallischen Ring, der von blauen Funken durchzogen wurde. Je weiter er sein Maul öffnete, umso mehr Funken füllten den Rachen. Ein bedrohliches Knistern lag in der Luft. Als er das Maul komplett aufriss, bündelten sich die Funken zu einem blauen Feuerstrahl, den er direkt auf die Elementia und seine Crew richtete. Mit einem lauten Zischen schlug der Feuerstrahl an Deck ein. Geistesgegenwärtig beschwor Ocean das Meer und eine Welle schwappte an Bord. Gerade noch rechtzeitig. Doch das Untier öffnete schon wieder langsam das Maul. Aus purer Verzweiflung gab der Kapitän das Handzeichen zum Feuern und die Crew feuerte mit Flinten und Feuerbällen auf den blauen Strahl.

Die Flintenkugeln konnten nichts ausrichten, aber die Feuerbälle hatten das blaue Feuer erloschen. Als würde das heiße rote Feuer gegen das kalte blaue Feuer ankommen.

Saria jubelte im Ausguck. „Sehr gut! Euer Feuer ist stärker als seins.“

In dem Moment schlug das Untier mit seiner Schwanzflosse gegen die Elementia und Saria, die durch ihren Jubel abgelenkt gewesen war, fiel aus dem Ausguck direkt ins Meer.

Arius und die anderen schrien auf und Tail wollte schon nachspringen, aber Ocean hielt sie zurück. Er hatte recht, sie mussten erst nachdenken. Es ergab keinen Sinn, gleich zwei Crew-Mitglieder in Gefahr zu bringen.

Saria war inzwischen unterhalb der Elementia. Zum Glück hatte sich sofort ihre Luftblase gebildet. Unter Wasser konnte Saria die gesamte Größe des mechanischen Drachens erkennen – und diese war beängstigend. Die Elementia wirkte dagegen fast wie eine Nussschale. Saria versuchte, zurück an Bord zu gelangen, aber vergeblich. Das Untier schlug so schnell durchs Wasser und wand sich dabei, dass die Wellen und der Sog, den es dabei erzeugte, sie immer weiter hinabzogen. Vor Wut schrie sie auf.

Da spürte sie plötzlich eine Kraft, die sie nach oben drückte. Bis an die Oberfläche. Saria schaute sich um, als eine ihr bekannte Gestalt neben ihr auftauchte: Najade.

„Ich danke dir!“ Saria schaute ihren neuen Freund glücklich an. Nun musste sie nur noch hoch zur Reling gelangen. Najade musste ihre Gedanken gelesen haben, denn mit einem Ruck erhob er sich aus dem Wasser, schnappte Saria und brachte sie an Bord.

Dankend sah die durchnässte Piratin den Wasservogel an. Dieser nickte ihr zu und verschwand erneut in den Fluten.

Die anderen waren gerade kurz davor, auf der anderen Seite ins Wasser zu gehen, um Saria zu helfen. Gerade noch rechtzeitig hielt sie ihre Freunde mit Rufen davon ab.

Das Untier hatte inzwischen nachgeladen und feuerte erneut einen blauen Strahl auf die Crew ab. Aber nun, da sie wussten, dass ihre Feuerkraft die des Drachen erlöschen konnte, konnten sie den Einschlag verhindern. So konnte die Crew das Biest in Schach halten, aber noch immer nicht vertreiben. Bald würden Arius, Darksoul und Fireeye ermüden und dann wären sie den Angriffen schutzlos ausgeliefert.

„Ich habe eine Idee!“ Mit neuem Mut lief Feather unter Deck in seine Kajüte. Nun zahlte es sich aus, dass er allerhand technische Geräte bunkerte. Schnell holte er eine metallische Kugel aus seiner Truhe und lief nach oben. Sie passte genau in seine Hand und ließ sich so gut festhalten.

„Lenkt seine Aufmerksamkeit auf euch, ich versuche ihn auszuschalten.“ Mit diesen Worten hob Feather mit seinen metallischen Flügeln hoch in die Luft ab.

Die Feuerbeschwörer lenkten die Aufmerksamkeit des Untiers weiter auf sich. Als dieses das nächste Mal sein blaues Feuer lud und dabei sein Maul immer weiter aufriss, flog Feather im Sturzflug darauf zu. Er musste ganz nah an den spitzen Zähnen vorbei. Kurz streifte einer der Flügel die wütende Maschine und das Ungeheuer schnappte zu. Nur ganz knapp entkam Feather dem tödlichen Biss. Trotzdem gab er nicht auf. Er flog ein zweites Mal auf das Maul des Untiers zu und schaffte es dieses Mal, das runde Ding in den Maschinen-Rachen zu werfen.

Zuerst passierte nichts, aber dann fuhr ein Beben durch die

ganze Maschine. Ihr Kopf fiel zurück ins Wasser. Sich immer noch schwer krümmend und seltsam zuckend zog sich das Biest zurück. Die Crew jubelte, während Feather wieder an Deck landete.

„Was war das für eine Kugel?“, wollte Arius wissen.

Feather grinste. „Eigentlich nichts Besonderes, es löst einfach nur thermische Spannungen aus und diese beschädigen die komplette Mechanik.“

Die Crew staunte. Feathers kleines Ding hatte sie alle gerettet. Die Crew-Mitglieder waren nun froh, dass Feather keiner technischen Errungenschaft widerstehen konnte.

Arius aber schaute nachdenklich aufs Meer. „Wer hat uns das Ungeheuer wohl geschickt? Ich glaube kaum, dass es von allein hier aufgetaucht ist.“

Sie mussten etwas Großem auf der Spur sein. Sonst würde niemand solche Mittel aufbringen, um sie aufzuhalten. Das energiegeladene Knistern eines neuen Abenteuers lag in der eisig kalten Luft.

TEIL II

DIE MACHT DER AMULETTE

KAPITEL I

Die wandernde Insel Fimbulwinter

Die Elementia war bereits weit in den Norden vorgedrungen. Immer öfter schneite es und Eisschollen trieben auf der Oberfläche.

Saria musste nun auf ihre Ausflüge unter Wasser verzichten, das Meer war hier einfach zu eisig. Deshalb kommunizierte sie von nun an täglich mit Najade über ihre Gedanken. Gerade bedankte sich Saria bei ihrem Freund für die wertvollen Ratschläge, als Arius zu ihr in den Ausguck stieg.

„Na, Schwesterherz, meinst du, wir können die Insel finden?"

Saria musste nicht lange nachdenken, sondern nickte entschlossen. „Ich habe irgendwie das Gefühl, dass wir es schaffen können."

„Es ist unheimlich still hier. Findest du nicht?", bemerkte Arius. „Selbst der Wind scheint nur flüstern zu wollen."

Saria musste Arius recht geben. Die Stille hier war fast schon gespenstisch. Sonst liebte sie die Ruhe auf dem Meer, aber hier war es anders, so als wäre alles erstarrt.

Dann wechselte Arius wieder das Thema. „Was soll ich Ocean sagen? Behalten wir den Kurs bei?"

Unschlüssig wog Saria den Kopf hin und her. „Vorerst schon, ich weiß nicht, wohin wir ansonsten segeln sollten."

Arius warf einen letzten nachdenklichen Blick aufs Meer, dann stieg er hinunter zu den anderen.

Saria hingegen nahm ihr Amulett in die Hand und blickte es eindringlich an. „Hilf mir!", säuselte sie, ebenso leise wie der Wind.

Gleich darauf hörte Saria wieder das Wispern, das sie schon einmal vernommen hatte. „Komm, komm zu mir!"

Das konnte kein Zufall sein! Beim letzten Mal hatte sie noch geglaubt, es sich einzubilden, aber dieses Mal war sie sich sicher. Jemand oder etwas rief sie zu sich!

Saria schloss die Augen, konzentrierte sich und plötzlich hatte sie ein Bild vor Augen. Es war eine Insel, komplett aus Eis und Schnee ... Fimbulwinter!

Schnell kletterte sie runter an Deck und trommelte die Crew zusammen. „Ich weiß jetzt, wie wir die Insel finden!"

Tail schien verwirrt. „Woher denn plötzlich?"

„Dass du das noch fragst." Darksoul schüttelte den Kopf. „Inzwischen sollten wir doch daran gewöhnt sein, dass Curly immer für eine Überraschung gut ist."

Saria grinste. „Genau! Deshalb weiß ich auch, warum die Insel so schwer zu finden ist. Es ist keine gewöhnliche Insel, sie sieht eher wie ein Eisberg aus, und wie ein solcher steht sie nicht still! Sie wandert mit der Strömung."

„Sehr gut, Curly!" Feather klopfte Saria auf die Schulter.

Arius dagegen schien nachdenklich. „Aber das macht die Sache auch nicht einfacher. Wenn die Insel einem Eisberg ähnelt, wie sollen wir sie dann finden? Sie steht dann ja nie am selben Platz!"

Saria nickte. „Daran habe ich auch bereits gedacht. Aber ich habe eine Idee. Ich werde Najade um Hilfe bitten."

„Wen?" Fireeye schaute verdutzt.

Saria rollte mit den Augen „Najade! Der Oceanix!"

„Den gibt's also wirklich? Ich dachte, das wäre nur so eine Geschichte von dir." Fireeye schien immer noch nicht überzeugt.

„Natürlich gibt es den wirklich! Vielleicht kann er uns helfen!"

Alle blickten zum Kapitän, der bereits seine Gedanken zu Papier brachte.

Arius nahm den Zettel und las vor: „Danke, Curly, für deine wertvollen Erkenntnisse. Es ist sicher das Beste, wenn wir weiter auf dich vertrauen. Versuche dein Glück bei Najade."

Saria nickte und ging an die Reling. Die restliche Crew folgte ihr gespannt.

Arius blickte besorgt in das kristallene Türkisblau. „Da solltest du nicht runter. Das Wasser hier ist eiskalt. Du könntest erfrieren."

Arius hatte recht, aber sie wollte gar nicht ins Meer. Sie wollte, dass ihr die anderen glaubten und selbst Najade kennenlernten. Der Oceanix hatte gesagt, sie brauche ihn nur zu rufen und er würde zu ihr kommen, egal ob im tiefsten Ozean oder an Land.

Saria stellte sich ganz nah an die Reling und rief laut: „Najade, komm zu mir!"

Die Crew blickte gespannt aufs Meer, aber es war nichts zu sehen. Keine Bewegung, alles blieb still. Skeptisch schauten die Freunde zu Saria, aber die wollte noch nicht aufgeben. Sie konzentrierte sich und rief Najade noch mal, diesmal aber nicht laut, sondern im Tiefsten ihres Herzens.

Da geschah es. Wie aus dem Nichts tauchte Najade auf. Die

Piraten hielten den Atem an, denn so etwas hatten sie noch nie gesehen. Ein Vogel mit langen Schwanzfedern und einer Federkrone tauchte empor. Sein Federkleid bestand komplett aus Wasser, trotzdem war jede einzelne Feder zu erkennen. Bei jedem Flügelschlag spritzte das Wasser wild herum und seine Augen leuchteten wie zwei blaue Sterne. Es war ein majestätischer Anblick, wie er so vor ihnen in die Luft schoss.

Saria streckte ihren Arm aus und Najade landete darauf. Auch wenn er so groß wie ein Pfau war, war der Oceanix überraschenderweise gar nicht schwer. So schaffte es Saria mit Leichtigkeit, ihn auf dem ausgestreckten Arm zu halten. Während die anderen immer noch staunten, kommunizierte Saria bereits mit Najade in Gedanken. Es musste für ihre Freunde ein seltsamer Anblick sein, denn sie sahen nur den Oceanix und Saria, die sich gegenseitig anstarrten.

Auf einmal spreizte der Vogel wieder seine Flügel, hob ab und stürzte sich in die Meerestiefen. So plötzlich wie er erschienen war, war er auch wieder verschwunden.

Saria dreht sich zufrieden ihrer Crew zu. „Najade wird uns helfen. Er macht sich auf die Suche nach Fimbulwinter. Da er eins mit dem Meer ist, könnte er es schaffen, die Insel zu finden. Sollte er Erfolg haben, wird er mir regelmäßig den Kurs mitteilen und so können wir ihm folgen."

Arius konnte nur den Kopf schütteln. Er hatte es aufgegeben, sich zu fragen, wie Saria das alles machte. Es war gut, dass sie nun ihrem Ziel näher kamen, aber trotzdem … Aus einem unerklärlichen Grund hatte er das Gefühl, ins Verderben zu segeln.

In den nächsten Tagen tauchte immer wieder Najade bei Saria auf und lotste die Elementia und ihre Crew durch das eisige Meer. Offenbar hatte er Fimbulwinter gefunden. Während es für Saria schon fast natürlich war, dass sie einen so besonderen Freund hatte, staunten ihre Freunde jedes Mal, wenn er aus den Fluten auftauchte.

Gegen Mittag – auch wenn das so weit oben im Norden kaum zu erkennen war, da es immer seltsam finster zu sein schien – kam ein riesiger Eisberg in Sichtweite. Er war mindestens so groß wie das Herz von Calvaria. Konnte es tatsächlich sein? Sollte das Fimbulwinter sein?

Saria machte sofort Meldung beim Kapitän und dieser gab die Anweisungen für die nächsten Schritte.

Die Elementia fuhr langsam näher an den Eisberg heran. Sie mussten vorsichtig sein, denn der Eisberg hatte scharfe Kanten und schroffe Spitzen entlang seiner Küste. Es schien nirgends einen Hafen zu geben, anscheinend legte man keinen Wert auf Besuch oder vielleicht gab es auch einfach keine Menschen auf Fimbulwinter. So mussten sie an der Küste entlangsegeln, bis sie einen Ort fanden, an dem sie an Land gehen konnten. An einer Stelle ragte das Eis wie ein Steg ins Meer und an spitzen Eisformationen konnten sie die Elementia festmachen.

Die Crew schaute sich ehrfürchtig um. Alles war gefroren, wie man es von einem richtigen Eisberg erwartete, aber doch war es irgendwie eine Insel. Hohe Eisberggipfel und tiefe Schluchten. Alles glitzerte und das Eis schimmerte in Himmelblau, Lavendel und Türkis. Eine dicke Schneedecke ließ die schroffe Eiswelt sanfter erscheinen, als sie war. Die Luft war schneidend kalt, aber auch unbeschreiblich frisch. Es musste erst vor Kurzem geschneit haben. Alles wirkte einsam und verlassen, eine Siedlung oder nur eine Menschenseele konnten sie nirgendwo ausmachen. Allerdings konnte sie durch die Berge und schroffen Felswände auch nur wenig der Insel überblicken.

Die Piraten beschlossen, Richtung Inselinneres zu gehen. Sie griffen zu den Waffen und achteten darauf, sich mit ihren neuen Fellen so warm wie möglich einzukleiden. Najade setzte sich auf Sarias Schulter und konnte so mit ihnen ziehen. Seltsamerweise wurde Saria dabei nicht einmal nass. Obwohl der Oceanix nur aus Wasser bestand, blieb ihre Schulter trocken. Das Wasser schien wie ein Kreislauf durch Najade zu fließen, wenn sie so ruhig dasaß, fiel kein einziges Tröpfchen zu Boden. Saria war schon besorgt gewesen, dass Najade bei den Temperaturen gefrieren könnte. Aber der Oceanix hatte ihr erklärt, dass sein Wasser durch sein Herz gewärmt wurde und dass es ständig in Bewegung blieb, so wie Blut in den Adern, und deshalb nicht gefrieren konnte.

Die außergewöhnliche Truppe drang immer weiter vor. Eine unheimliche Stille umgab sie und das ewige Eis. Immer wieder kamen sie an gespenstischen Eisformationen vorbei, die fast schon Menschen oder sogar Tieren ähnelten. Die ganze Insel wirkte beinahe, als wäre sie in eine Art Winterschlaf gefallen. Vielleicht war Fimbulwinter nicht immer ein Eisberg gewesen. Zumindest wirkte sie nicht wie ein gewöhnlicher Eisberg …

„Hoffentlich verlaufen wir uns nicht. Wer weiß, ob wir überhaupt in die richtige Richtung unterwegs sind.“ Arius schaute sich besorgt um, dieser Ort bereitete ihm nicht nur wegen der Kälte Gänsehaut.

Da hörte Saria plötzlich wieder dieses Wispern, das sie zu sich zu rufen schien. „Wir sind richtig, vertraut mir."

Es dauerte noch eine gute halbe Stunde, dann kam die Crew zu einer Anhöhe. Der Pfad hinauf war schmal, und während sie ihn erklommen, konnten sie nicht sehen, was dahinter lag. Erst als sie den Gipfel der Anhöhe erreichten, hatten sie einen freien Blick auf eine Stadt dahinter. Sie konnten ein staunendes Raunen nicht unterdrücken, denn so etwas hatten sie noch nie gesehen. Es war alles komplett aus Eis. Jedes Haus, jedes Gebäude, Wege und Mauern – einfach alles! Die gesamte Stadt schimmerte bläulich-silber im gedämpften Tageslicht. Aber noch etwas schien seltsam.

Feather wischte sich einen Eiszapfen von der Nase. „Ich sehe und höre gar keine Menschen. Die Stadt scheint verlassen zu sein."

Auch die andern konnten niemanden entdecken. Vielleicht war es auch besser so, dann würde es sicher einfacher werden, nach den Amuletten zu suchen.

Voller Zuversicht wanderten sie also der Stadt entgegen, ohne zu wissen, wie sehr sie sich getäuscht hatten.

KAPITEL II

Eisige Geisterstadt

Als die Freunde durch die Stadtmauern traten, hörten sie eine gläsern klingende Melodie. Es war der Wind, der durch die eisigen Gassen zog. Ansonsten war es totenstill. Niemand war zu sehen, nur leere Häuser und immer wieder die seltsamen Eisskulpturen, die entfernt an Menschen erinnerten. Die Gebäude reihten sich dicht an dicht und man konnte erkennen, dass es sich um verschiedenste Häuser handelte. Reich verzierte Läden, einfache Wohnhäuser, große Tavernen, schmale Häuser und weite Paläste. Nur eines hatten die Gebäude gemeinsam, sie bestanden komplett aus Eis.

„Wo die Bewohner wohl hin sind?“ Tail schaute in eins der Häuser. Dort standen noch Teller auf dem Tisch und auf einem Bett lag eine Stoffpuppe.

„Das gefällt mir nicht.“ Arius schaute finster drein. „Das gefällt mir ganz und gar nicht. Ich hab so ein komisches Gefühl. Dieser Ort ist unheimlich.“

Saria hätte gerne einen Scherz gemacht, um die Situation aufzulockern, aber auch sie hatte dieses ungute Gefühl. Der Ort wirkte, als hätte sich eine Tragödie zugetragen. Als hätten die Einwohner ihre Stadt von einem auf den anderen Moment verlassen müssen.

Doch hinter Arius' Gefühl steckte noch mehr: Ihm kam es so vor, als hätte er eine Verbindung zu diesem Ort. Als müsste er tief im Inneren wissen, was hier geschehen war.

Saria ging voraus in Richtung des Hauptplatzes, der in der Mitte der Stadt lag. Immer mehr dieser Eisskulpturen säumten ihren Weg.

Najade flatterte aufgeregt mit den Flügeln. „Dieser Ort ist gefährlich. Geht weg, solange ihr es noch könnt."

„Wie meinst du das?", fragte Saria ihren Begleiter, aber bevor er antworten konnte, hörten sie ein gespenstisches Heulen. Es war ein bedrohliches Geräusch und klang nicht nach gewöhnlichem Wolfsgeheul.

Schnell stellten sich die Freunde Rücken an Rücken in die Mitte des großen Platzes.

„Was war das?" Darksoul ließ zwei kleine Flammen auf seinen Handflächen erscheinen.

Arius machte es ihm gleich. „Erinnert mich irgendwie an das Geheul der Wölfe, die mir bei meiner Prüfung begegnet sind. Aber irgendwie auch nicht."

„Müssen es denn immer Wölfe sein? Wie wäre es mal mit Eichhörnchen oder Häschen?" Auch Fireeye entzündete ihre Flammen.

Wieder donnerte das Geheul durch die Gassen, es schien näher zu kommen. Gleichzeitig wurde es immer kälter und dunkler und ein seltsamer Nebel kroch aus dem Boden. Das gespenstische Heulen wurde lauter und durchdringender.

Ocean gab das Handzeichen, sich für den Kampf bereitzumachen. Keinen Moment zu früh, denn schon schossen mannshohe Wölfe aus den umliegenden Gassen. Die Crew erstarrte. Sie feuerten nicht ab, regten sich nicht mal. Denn die riesigen Wölfe waren keine gewöhnlichen Wölfe, sondern Geisterwesen mit glühenden Augen. Ihre Körper waren transparent und seltsam leuchtend, und je näher sie kamen, umso kälter wurde den Freunden. Die Wölfe knurrten und fletschten ihre Zähne, die bedrohlich real wirkten.

Arius versuchte, sich zu beruhigen. Er schloss für einen winzigen Moment die Augen und schnaufte tief durch. „Wir müssen versuchen, sie mit Feuer in Schach zu halten. Feuer hat mir schon einmal gegen Wölfe geholfen."

Die drei Feuerbeschwörer traten vor ihre Freunde und umschlossen sie. Sie ließen ihre Flammen wachsen, sodass es wie eine Barriere fungierte. Die Wölfe schreckten nicht davor zurück, aber sie kamen auch nicht näher. Das gab ihnen immerhin einen Moment Zeit.

„Kapitän, was sollen wir tun?" Tail schaute Ocean flehend an.

Der stumme Junge schaute sich um. Dann deutete er auf einen Durchgang. Er schien aus der Stadt hinauszuführen, denn am Ende konnte man eisige Weiten erkennen. Dadurch, dass er so eng war, würden die Wölfe sie nicht mehr umzingeln können, falls sie es rechtzeitig hineinschaffen würden. Dann mussten die Wölfe nur noch hinter ihnen in Schach gehalten werden.

Aber zuerst mussten sie sich den Weg dorthin freikämpfen.

Arius, der genau in Richtung des Durchgangs stand, musste nun mit genügend Kraft auf die Wölfe feuern, um sich und seinen Freunden den Weg freizumachen. Er konzentrierte sich und machte einen Schritt nach vorne. Ein riesiger Feuerball entstand zwischen seinen Händen. Es knisterte und roch nach Schwefel. Die Macht zwischen seinen Händen fühlte sich berauschend an, auch die Wölfe schienen sie zu spüren und wichen ein Stück zurück.

Plötzlich aber erstarrte Arius und fiel auf die Knie. Sein Feuer erlosch und er starrte wie hypnotisiert vor sich hin.

„Arius!“ Saria sprang ihm zur Seite, als zwei der Wölfe auf ihn zukamen. Ohne Feuerkraft hatte sie keine Möglichkeit, die Geisterwesen aufzuhalten. Bevor sie jedoch angreifen konnten, öffnete Najade seine Schwingen und stürzte sich auf sie. Mit einem kraftvollen Flügelschlag feuerte er einen harten Wasserstrahl auf sie ab. Die Geisterwölfe schienen kaum Angst vor Wasser zu haben, aber wurden lange genug abgelenkt, damit die Freunde losrennen konnten und es in den Durchgang schafften.

Arius war immer noch wie weggetreten und Saria musste ihn mit sich ziehen. Da die Wölfe aber nur noch aus einer Richtung kamen, schafften es die übrigen zwei Feuerbeschwörer auch allein, sie auf Abstand zu halten.

Die Crew rannte, so schnell sie konnte, durch den Durchgang. Bald erreichten sie das Ende. Es führte sie vor die Stadtmauern der Geisterstadt, direkt auf eine offene Fläche.

Die Wölfe folgten ihnen und nun gab es keine schützenden Mauern mehr, die es erschwerten, sie zu umzingeln. Die Piraten rechneten schon mit dem Schlimmsten, als ein lauter Pfiff ertönte. Wie auf Befehl machten die Geisterwesen kehrt und schwebten davon.

Die Crew blickte ihnen verwundert nach. Die Wölfe flogen auf einen steilen Berghang zu. Dort an der Klippe standen ein Dutzend Männer und Frauen. Selbst aus dieser Entfernung konnten die Freunde erkennen, dass sie gigantisch sein mussten, denn sie überragten selbst die riesigen Wölfe. Die Geistertiere gesellten sich zu ihnen, jeder Mensch schien seinen eigenen Begleiter zu haben. Zusammen wandten sie sich ab und gingen davon.

Saria erschauderte. „Wer waren die? Und diese Wölfe? Hat einer von euch schon mal etwas von Geisterwölfen gehört?"

Feather schüttelte den Kopf. „Nein, was ist bloß mit diesem Ort los?"

„Ich weiß es." Arius erwachte langsam aus seiner Schreckensstarre und sprach mit brüchiger Stimme. „Ich habe gesehen, was in dieser Stadt passiert ist."

Seine Freunde waren verwirrt, wovon sprach er?

„Die seltsamen Eisskulpturen, denen wir immer wieder begegnet sind – es sind gar keine Skulpturen, sondern Menschen. Es gab in dieser Stadt eine Schlacht und riesige Nordmänner und -frauen mit ihren Geistergefährten haben die Menschen in Eis verwandelt."

Fireeye japste auf. „Das ist ja furchtbar! Aber wie kannst du das wissen?"

Arius zuckte mit den Schultern, er wusste es selbst nicht. „Plötzlich hatte ich diese Bilder vor Augen, als wäre ich selbst dabei gewesen …"

Das klang alles sehr merkwürdig. Aber die Freunde hatten keine Zeit, länger darüber zu reden. Sie mussten ein Versteck suchen, falls diese nordischen Riesen mit ihren Geisterwölfen zurückkamen.

Nach einem kurzen Marsch erreichte die Crew eine Höhle in einer der schroffen Eiswände. Sie bot genügend Schutz und trotzdem einen guten Überblick auf die Umgebung. Da es außer Eis auf dieser Insel wirklich nichts gab, nicht einmal das kleinste bisschen Holz, konnten sie auch kein Lagerfeuer entzünden. So mussten sich die Feuerbeschwörer abwechseln, um ein kleines Feuer am Brennen zu halten, damit sie nachts nicht erfroren

Saria gingen viele Dinge durch den Kopf also setzte sie sich abseits der anderen mit Najade hin, um sich in Gedanken zu unterhalten. Saria konzentrierte sich auf den Oceanix: „Najade, weißt du mehr über diesen Ort und seine Bewohner?"

Najade schüttelte den Kopf. „Leider nein. Mein Zuhause ist das Meer, dort kenne ich mich aus. Hier war ich noch nie."

„Aber warum wusstest du, dass diese Stadt gefährlich ist? Du wolltest, dass wir sie verlassen."

Der Oceanix schaute sie freundlich an. „Das habe ich gespürt. Meine Stärke ist die Mentalkraft. Es ist ähnlich wie bei den Feueraugen mit ihrer Telepathie, nur dass meine Kraft weitergeht. Ich kann nicht nur Gedanken lesen. Ich spüre auch Gefühle oder Schwingungen, die in allem Lebenden stecken."

„Aber diese Stadt war wie ausgestorben!", erwiderte Saria.

Najade schüttelte abermals den Kopf. „Das mag so wirken, aber dieser ganze Ort besteht aus Eis. Eis ist nichts anderes als Wasser und Wasser hat immer eine Erinnerung."

Das war beeindruckend. Also hatte der Oceanix gespürt, dass dort schlimme Dinge vorgefallen waren.

Saria streichelte ihrem neuen Freund über den Kopf. Najade war ihr bereits ans Herz gewachsen und sie spürte eine feste Bindung zu diesem außergewöhnlichen Tier. Als wären sie füreinander bestimmt.

KAPITEL III

Das zu schützende Erbe

Das Mienai hatte seine Taktik ändern müssen. Zu viele fremde Piraten würden auf der eisigen Insel auffallen. Deshalb war es heimlich von Bord gegangen und nun allein auf Fimbulwinter unterwegs. Der Crew seiner Mitfahrgelegenheit hatte es neue Gedanken in den Kopf gepflanzt und so hatten sie diesen Ort verlassen. Sicher war sicher. Wie das Schattenwesen es schaffen würde, wieder von hier wegzukommen, war ihm noch nicht klar, aber ein Schritt nach dem anderen.

Seine wichtigste Aufgabe war es herauszufinden, was diese junge ungewöhnliche Crew vorhatte. Sie hätte Fimbulwinter nie erreichen dürfen. Wie hatten sie nur den Angriff des Mech-Drachen überstehen können? Diese Maschine war schon so lange im Besitz der Mienai und hatte bis vor Kurzem noch jeden zur Umkehr gebracht. Außer diese Crew und den Dunkelmagier natürlich.

Das Mienai war inzwischen ohne Tarnung unterwegs, die Drachenhaut hatte ja niemanden, an den sie sich anpassen konnte. Schließlich war es bis jetzt noch keiner Menschenseele begegnet. War es möglich, dass diese Insel unbewohnt war? Sein Gewand war also einfach das der Mienai. Die Drachenhaut war hell und glitzernd und schien vor den Augen zu verschwimmen. Zum Glück war diese Kleidung im Eis kaum zu erkennen. So würde es ungesehen bleiben, solange es den Piraten nicht zu nahe kam.

Das Mienai folgte der Crew, bis sie zu einer Stadt aus Eis kamen. Selbst diese Stadt versetzte ihn nicht in Staunen, auf seinen nächtlichen Reisen hatte das Wesen schon Städte aus allem Möglichen gesehen. Warum nicht auch aus Eis? Zudem kannte es diese Stadt aus den furchtbaren Erzählungen seines Volkes, sie war nämlich Schauplatz eines brutalen Ereignisses gewesen.

Die Gassen der Stadt waren eng. Um weiter ungesehen zu bleiben, schlich es über die Dächer der Häuser. Elegant wie eine Katze sprang das Schattenwesen von einem Dach zum nächsten, ohne das geringste Geräusch zu machen.

Die Gruppe war nun am Hauptplatz angekommen und sah sich inmitten der seltsamen Eisskulpturen um. Das Mienai versteckte sich hinter einer Dachgaube, um die Piraten zu belauschen.

Plötzlich ertönte ein furchterregendes Heulen und geisterhafte Wölfe stürmten auf den Platz. Das Mienai war auf seinen nächtlichen Reisen zwar schon Geisterwölfen begegnet, aber bei dem Anblick lief ihm trotzdem ein kalter Schauer über den Rücken.

Die Crew versuchte, sich zu verteidigen, aber es schien nicht einfach. Das Schattenwesen schaute nur zu. Es war ihm nicht gestattet einzugreifen, es war nicht sein Kampf. Es musste im Schatten bleiben und sich auf seine Aufgabe konzentrieren. Das Erbe beschützen! Das Erbe der magischen Amulette, das Erbe von Vodrellā, Is und Shams, den Urgewalten.

Inzwischen schienen die Piraten einen Plan gefasst zu haben. Das Mienai verstand, sie wollten durch einen schmalen Durchgang flüchten.

Gut versteckt folgte das Mienai der Gruppe bis vor die Tore der Stadt. Auch die Wölfe folgten ihnen, aber so plötzlich sie aufgetaucht waren, verschwanden sie wieder. Die Crew verschnaufte und besprach das Vorgefallene. Das Mienai interessierte vor allem, was dieser Shadow zu erzählen hatte. Der junge Pirat schien seine Eingebung noch nicht zu verstehen, aber das Mienai hatte da so eine Ahnung. Es kannte sich aus mit Bildern, die real wirkten und es doch nicht waren. Diese Piraten wurden von Tag zu Tag interessanter, aber vor allem auch gefährlicher.

Das Mienai würde der Crew weiter folgen, es musste sich auf Shadow konzentrieren. Es musste herausfinden, ob er wirklich etwas mit dem Dunkelmagier zu tun hatte oder warum es sonst diese Bilder in sich trug. Das hieß nur beobachten, sich nicht einmischen. Es war ein schmaler Grat, denn nur die kleinste Unaufmerksamkeit konnte die besuchte Person beeinflussen. Aber das Mienai gehörte schließlich zu den Besten, sonst hätte es nicht die Ehre erhalten, diesen Auftrag auszuführen. Das Schattenwesen war nicht nur unsichtbar und leise, es war auch geschickt. Es beherrschte seine Gabe perfekt.

Das Mienai machte sich auf den Weg der Crew hinterher und später in die Träume von Arius.

KAPITEL IV

Im Säulengang

Arius ging allein durch eine endlos scheinende, eisige Ebene. Die vielen speerförmigen Eissäulen wirkten noch bedrohlicher als die der letzten Tage. Ein wabernder Nebel kroch aus dem Boden und es war still, totenstill. Arius hatte ein ungutes Gefühl. Er musste diesen seltsamen Vorkommnissen auf den Grund gehen, aber andererseits schien ihn sein Innerstes zurückzuhalten.

Schritt für Schritt näherte er sich einer Felsspalte. Sie war gerade breit genug, dass er hindurchschlüpfen konnte. Die Eiswände auf beiden Seiten schienen zu Anfang gar nicht so hoch, aber mit jedem Schritt wuchsen sie weiter in den Himmel. Arius blickte auf die spiegelglatten Wände und erschrak. War das nicht gerade das Gesicht seiner Mutter gewesen? Ihm war sogar, als hätte er den Duft nach Waffeln in der Nase. Waffeln, wie seine Mutter sie immer zum Frühstück gemacht hatte. Aber nein, er musste sich geirrt haben. Mutig ging er weiter.

Plötzlich erspähte er wieder ein Bild in den Wänden. Saria! War das möglich? Ein leises Rauschen von Wellen erklang. Arius beschleunigte seinen Schritt. Doch seine Neugier siegte und er blickte ein weiteres Mal an die eisigen Wände. Dieses Mal sah er nur sein eigenes Spiegelbild. Arius entspannte sich. Vielleicht hatte er sich nur getäuscht.

Doch auf einmal lachte sein Spiegelbild höhnisch und schien sich zu verwandeln. Er selbst wurde zu einer älteren Version seiner selbst. Arius schrie. Nein, das konnte nicht sein! Diese seltsame Person in seinem Spiegelbild musste ein dunkler Magier sein. Denn eine finstere Wolke umhüllte ihn. Ein solches Phänomen trat nur auf, wenn dunkle Magie gewirkt wurde. So wurde es sich seit jeher erzählt.

Von einem Moment auf den nächsten riss die Eiswand auseinander, ein gleißendes Licht blendete Arius. Kurz war er blind, dann konnte er die Augen langsam öffnen. Vor ihm lag ein endlos langer Gang mit unzähligen Säulen. Jede Säule war so hoch wie zwei Schiffsmasten und sie bestanden aus purem Gold. Arius machte ein paar Schritte in die Säulenallee hinein. Sein Mund klappte vor Staunen auf, so etwas hatte er noch nie gesehen. Der Gang schien endlos; je weiter Arius hineinging, umso länger schien er zu werden.

Plötzlich hörte er ein seltsames Geräusch. Eine Art Schnauben und Kratzen. Arius blickte sich um, aber außer den goldenen Säulen war nichts zu sehen. Doch da, was war das? Hatte sich die eine Säule bewegt? Bevor Arius genauer hinsehen konnte, tauchte vor ihm ein großer Platz auf. Der Platz, der einfach so erschienen war, musste endlos sein, denn die Ränder schienen ins Nichts zu verlaufen.

Arius lief ein kalter Schauer über den Rücken, denn in der Mitte stand mit dem Rücken zu ihm ein Mann mit einem dunklen Umhang. Neben dem Mann ragten zwei der großen Säulen empor.

Arius ging ein paar zögerliche Schritte auf ihn zu. Sein Herz klopfte ihm bis zum Hals. Der Mann schien ihn nicht zu bemerken, er war mit etwas anderem beschäftigt. Da sah Arius, dass vor dem Mann sechs Piraten gefesselt auf dem Boden knieten. Er schlich noch näher, um besser sehen zu können.

Nein, das durfte nicht wahr sein! Arius schrie verzweifelt, denn am Boden knieten Saria, Tail, Fireeye, Ocean, Darksoul und Feather. Trotz seines Schreis hörte ihn niemand. Arius wollte ihnen zur Hilfe eilen, aber er kam nicht vom Fleck.

Der Mann hob seine Arme. Er murmelte etwas, das Arius nicht verstand. Um seine Hände bildeten sich schwarze Nebelschwaden, die ihn umhüllten. Schwarze Nebelschwaden konnten nur eines bedeuten, dunkle Magie. Wieder wollte Arius auf die Gruppe zulaufen, aber irgendetwas schien ihn an Ort und Stelle festzuhalten. Kaum hatte der Dunkelmagier seinen Spruch vollendet, umhüllte der schwarze Nebel seine Freunde. Sie schrien schmerzerfüllt auf, wanden und krümmten sich und schließlich fiel einer nach dem anderen leblos zu Boden.

Arius brüllte vor Hass und Angst und stürmte auf den dunklen Magier zu. Er musste bezahlen für das, was er seinen Freunden angetan hatte. Doch bevor Arius den Magier erreichte, drehte der sich um.

Arius erstarrte. Für einem Moment schien die Zeit still zu stehen. Denn wer ihn da anblickte, war er selbst. Es war, als würde er in einen Spiegel blicken. Flehend sah er gen Himmel, bitte lass es nicht wahr sein! Während er nach oben schaute, streifte sein Blick eine der Säulen. Da bemerkte er, dass sie eine sehr außergewöhnliche Form hatte.

Schweißgebadet und mit pochendem Herzen fuhr Arius aus seinem Traum hoch. Er hatte das alles nur geträumt! Erleichterung überkam ihn, aber auch Angst. Woher kamen diese Bilder? Und warum ereilten sie ausgerechnet ihn? Konnte es sein, dass er etwas mit dem dunklen Magier zu tun hatte? Schließlich hatte sich Saria auch nicht daran erinnert, die Göttin der Meere zu sein. Er sah sich um, seinen Freunden ging es gut. Zum Glück! Aber war er am Ende eine Gefahr für sie?

Dieselben Fragen stellte sich auch das Mienai, das von seiner Reise zurückgekehrt war. Was es gesehen hatte, gefiel ihm ganz und gar nicht. Leider wusste es nur zu gut: Etwas Wahres steckt zumeist in jedem Traum.

KAPITEL V

Das Nordvolk

Da es bald hell werden würde, beschloss Arius, Darksoul abzulösen und das Feuer am Brennen zu halten. So konnte sein Freund noch etwas schlafen. Arius ging sowieso zu viel im Kopf herum, er würde nicht mehr einschlafen können. Es war so still um ihn herum, aber in seinem Inneren herrschte Chaos. Dieser Vorfall in der Eisstadt wollte ihm nicht mehr aus dem Kopf gehen. Warum hatte es sich angefühlt, als wäre er dabei gewesen? Warum hatte er so klare Bilder vor Augen gehabt? Und was hatte es mit diesem furchtbaren Traum auf sich? Was, wenn sich in ihm noch mehr verbarg, vielleicht nicht nur Gutes?

Die Nacht war bitterkalt gewesen, aber dank der warmen Kleidung und den brennenden Feuern hatten die Freunde sie gut überstanden. Die Crew frühstückte und machte sich anschließend wieder auf die Suche nach den Amuletten, auch wenn sie keine genaue Idee hatten, wo sie sich befinden konnten.

Saria hatte wieder das Wispern vernommen und dieses Mal war es ihr noch deutlicher vorgekommen. Sie wusste nicht, was es mit diesem Ruf auf sich hatte, aber sie war sich sicher, so den Amuletten auf die Spur zu kommen. Vorerst behielt sie es aber für sich, denn der Ruf war zu ungenau gewesen. Vielleicht würde er ihr mit der Zeit noch den richtigen Weg zeigen.

„Wir müssen vorsichtig sein. Diese Riesen mit ihren Geisterwölfen könnten überall sein. Feather, du fliegst am besten voraus und siehst dich um." Arius las Oceans Befehl vor und Feather begab sich darauf gleich in die Luft.

Die kleine Truppe zog weiter, es war bemerkenswert, wie groß diese Insel war. Langsam fing es wieder an zu schneien und die Sicht wurde immer schlechter. Feather war gezwungen, seinen Erkundungsflug abzubrechen und sich seinen Freunden am Boden anzuschließen. Das Fliegen war einfach zu gefährlich geworden. Immer mehr stürmte es und der kalte Wind schmerzte der Crew auf der Haut und biss ihnen ins Gesicht. Sie mussten in gebückter Haltung weiterstapfen, da sie ansonsten nicht gegen den Sturm ankamen.

„Wie weit ist es noch?" Darksoul schrie gegen das Brausen an.

„Es fühlt sich an, als wären wir ganz in der Nähe!", brüllte Saria zurück. Najade hatte sich an Sarias Lockenmähne gekuschelt und musste sich mit aller Kraft an ihrer Schulter festkrallen.

Hoffentlich fanden sie bald die beiden Amulette. Lange würden sie es nicht mehr durchhalten. Die Sicht war inzwischen so schlecht, dass sie gefühlt in einem weißen Nichts standen. Der Nebel wurde immer dichter, bald war er undurchdringlich und so bemerkten sie viel zu spät, dass sie nicht mehr allein waren. Erst als das geisterhafte Heulen ihnen entgegenschallte, wussten sie, die Eisriesen konnten nicht weit sein.

Schlagartig schossen die Wölfe auf die Crew zu und wie beim ersten Mal zogen Arius, Darksoul und Fireeye einen Feuerkreis um ihre Freunde. Die Wölfe stoppten knurrend. Wild fletschten sie ihre Zähne und ihre Augen funkelten böse in Richtung der Feuerbeschwörer.

Urplötzlich wurde es still, der Sturm hörte auf und aus dem dichten Nebel trat das Nordvolk. Die Crew hielt den Atem an. Die Nordmenschen waren drei Köpfe größer als jeder andere Pirat, den die Freunde je gesehen hatten. Sie trugen Felle und ihre Schultern waren so breit wie ein Beiboot, selbst bei den Frauen. Sie hatten kantige Gesichter, aber seltsam leere Augen. Sie waren komplett schwarz und ausdruckslos. Sie wirkten bedrohlich, aber auch teilnahmslos. An der Spitze der Gruppe stand ihr Anführer. Er überragte die übrigen nochmals um einen Kopf und seine Arme glichen Baumstämmen.

Ein Nordmann stach Saria besonders ins Auge, er war etwas schmächtiger und kleiner als die anderen und stand direkt hinter dem Anführer. Irgendwie schien er anders zu sein als die anderen. Außerdem trug er ein Amulett! Es ähnelte ihrem in seiner Machart und war silbern und genau wie ihres mit Edelsteinen verziert. Auch dieses Amulett war handtellergroß. In der Mitte war ein fein gearbeiteter Schneekristall zu sehen, der links und rechts von Eiszapfen umschlossen wurde. Sicher ließ sich auch dieses Amulett öffnen … Ob er wohl auch das dritte Amulett bei sich trug?

Doch ihr blieb keine Zeit mehr zum Nachdenken. Denn in diesem Moment griffen die Eisriesen an.

KAPITEL VI

Der kalte Tod

Der Angriff brach eiskalt über die Piraten herein. Denn das Nordvolk beschoss sie mit gezielten Eisstrahlen, während ihre Geisterwölfe sie umzingelten. Die Eisstrahlen waren hart und gefährlich. Nur Arius, Fireeye und Darksoul konnten den Angreifern etwas entgegensetzen, denn um mit Schwert und Säbel zu kämpfen, waren sie zu weit entfernt. Da sie ununterbrochen beschossen wurden, schafften sie es auch nicht näherzukommen. Auch die Kräfte von Ocean, Saria und Najade waren bei diesem Kampf nahezu nutzlos. Jeder Tropfen Wasser wurde sofort zu Eis, nur durch die bloße Anwesenheit der Nordmenschen. Aber Eis konnten sie nicht bewegen. Immer wieder feuerten die Angreifer ihre eiskalten Strahlen auf die Freunde ab. Noch hielten sich die Feuerbeschwörer gut, aber wie lange noch?

„Was sollen wir machen?“, rief Arius seinem Kapitän zu, aber auch der schien ratlos.

Saria hingegen fiel etwas ganz anderes auf. Der Nordmann, der ihr vorher ins Auge gesprungen war, hielt sich im Hintergrund. Er schoss nicht einen einzigen Eisstrahl ab und schien eher erschrocken als kampfbereit. Warum war er so anders?

Immer erbarmungsloser griffen die Eisriesen an, und die Feuerbeschwörer taten sich immer schwerer, ihnen standzuhalten.

„Ich kann nicht mehr lange. Meine Kraft lässt nach!" Darksoul fiel auf die Knie.

„Ich kann auch nicht mehr lange!" Fireeye schaute zu Arius. Auch er war am Ende seiner Kräfte.

„Ich werde es aus der Luft versuchen!" Feather öffnete seine metallischen Schwingen, auch wenn er wusste, dass es eine aussichtslose Aktion war. Ocean wollte ihn noch aufhalten, doch bevor er ihn am Arm packen konnte, war Feather schon in die Luft geschossen. Ocean verfluchte seine Stummheit. Hätte er Feather nur rechtzeitig aufhalten oder ihm nachrufen können …

Kaum war der Windisch in der Luft, nahm das Unheil seinen Lauf. Der Anführer der Eisriesen stellte sich breitbeinig hin. Er schloss die Augen und drehte die Handflächen nach oben. Seine Lippen bewegten sich, er schien etwas vor sich hin zu murmeln. Dann plötzlich öffnete er seine Augen, einer der Geisterwölfe jaulte laut und blaues Licht blitzte auf. Zuerst verstanden die Freunde nicht, was passiert war, aber dann sahen sie es. Feather war eingefroren worden. Statt ihres Freundes fiel eine dieser Eisskulpturen neben ihnen zu Boden. Durch den weichen Schnee auf dem Boden zerschmetterte sie zwar nicht in unzählige Teile, aber es entstanden kleine Risse durch den Aufprall.

Saria erschrak und umklammerte ihr Amulett. In dem Moment entwich ein Strahl ihrem Anhänger und schoss Richtung Feather. Das warme leuchtende Licht strotzte vor Kraft und positiver Magie. Doch bevor der Strahl Feather erreichte, lief Ocean in die Schusslinie und wurde getroffen. Nicht absichtlich, er wollte nur zu seinem Crew-Mitglied laufen.

Das Unglaubliche war aber nicht nur, dass das Amulett wieder allein seine Kräfte freigesetzt hatte, sondern dass ein zweiter Strahl aus der Richtung des einen schmächtigen Nordmanns gekommen war.

Ocean war kurz vom Aufprall der Strahlen gefesselt, fing sich aber schnell wieder und kniete sich neben Feather. „Nein!", wimmerte er und auch die anderen standen unter Schock. „Bi…bitte … nicht!" flüsterte Ocean verzweifelt.

„Du Mörder! Wie kannst du nur!" Tail durchfuhr eine unbändige Wut und sie stürmte auf den Anführer zu. Die anderen wollten sie noch zurückhalten, aber es war zu spät. Nur einen Augenblick später lag auch sie als Eisskulptur auf der eisigen Ebene.

Arius riss die Augen auf. „Nein! Tail!" Er rannte zu ihr, aber er konnte sie nicht mehr retten.

Der Anführer breitete wieder seine Hände aus und wollte auch Arius zu Eis verwandeln. Doch Najade schoss in die Luft und feuerte ihren Wasserstrahl auf den Nordmann ab. Das Wasser gefror und so erreichten ihn Tausende kleiner Eiskugeln, die ihn zwar nicht verletzten, aber irritierten und von seinem Vorhaben abbrachten. Dafür war der Oceanix nun schutzlos den Attacken der übrigen Angreifer ausgeliefert. Denn auch diese besaßen die todbringende Gabe. Mit einem lauten Klirren fiel er zu Boden und zerbrach in Tausende Eisstückchen. Da Najade anders als Tail und Feather komplett aus Wasser bestanden hatte, war er bis ins Innerste gefroren und zerplittert.

Saria wusste nicht, wie ihr geschah. Das konnte nicht wahr sein! Nein! Sie wollte nicht glauben, dass nun schon drei ihrer Freunde zu Eis geworden waren.

Wut, Trauer und das Gefühl der Machtlosigkeit stiegen in ihr auf. Die Situation schien ausweglos. Würden sie nun alle zu Eis werden oder gar sterben? Saria nahm ihr Amulett in die Hand. Vielleicht würde es sich noch einmal aktivieren lassen. „Hilf mir!“, flüsterte sie ihm zu.

Ein starker Wind umspielte sie und plötzlich leuchtete das Amulett hell auf. Die Piratin spürte die Kraft, die aus dem Anhänger direkt in sie hineinströmte. Ein machtvolles Gefühl. Sie bündelte ihre Konzentration und es ertönte ein lautes Knacken. Zwischen den Freunden und ihren Angreifern tat sich ein Spalt auf. Er war nicht breit, aber umso tiefer. Ein seltsames Blubbern war zu hören und der Duft von Salz lag in der Luft. Dann stieg Meerwasser aus dem Spalt hervor. Langsam schwappte es über die Kante und baute sich auf. Fast so, als würde es mit Beinen aus Wasser aus der Tiefe emporsteigen. Das Meerwasser nahm Formen an und wuchs selbst dem Nordvolk über die Köpfe hinaus. Als es schiffshoch war, hatte es die Form von Kriegern angenommen. Einer neben dem anderen standen die riesigen Kämpfer schützend vor den Piraten und streckten den Angreifern ihre Wasser-Speere entgegen. Sie glichen den Statuen, die die Piraten vom Eingang zur Versunkenen Bibliothek kannten. Ein beeindruckendes Bild. Die Krieger hatten feste Formen und trotzdem floss alles in ihnen, so wie es bei Najade gewesen war. Die Crew staunte und Saria fiel entkräftet auf die Knie.

Doch das Nordvolk schien nicht lange beeindruckt. Mit ihrer Eisbeschwörung verwandelten sie die Meeres-Krieger in riesige Eisstatuen. Nun waren sie bewegungsunfähig, aber bildeten zumindest einen Schutzwall gegen die Nordmenschen. Jedoch nicht lang, denn die Angreifer feuerten donnernd ihre Eisgeschosse auf den

Schutzwall. Schuss für Schuss bröckelte die Eismauer und ließ die Crew abermals schutzlos zurück.

Arius sah erschrocken hoch. Hatten sie nun verloren? In seiner Verzweiflung stand er auf und schrie vor Wut. Der Anführer starrte mit seinen toten Augen zu ihm. Auf einmal schien er verunsichert und blickte abwechselnd von Saria zu Arius. Irgendetwas schien ihn zu irritieren. Der Nordvolk-Anführer brüllte eine unverständliche Anweisung und binnen Sekunden verschwanden sie wieder im Nebel. Zurück blieben fünf Piraten, die immer noch unter Schock standen.

„Was machen wir bloß?" Saria blickte zu ihren vereisten Freunden und zu den Eisscherben, die einmal ihr Freund Najade gewesen waren. Tränen liefen ihr über die Wange.

Auch Arius lief eine Träne übers Gesicht, während er liebevoll über die Eisskulptur von Tail strich.

Fireeye rappelte sich auf. „Es ist noch nicht alles verloren." Sie ging zu Feathers Eisskulptur und kniete sich davor. „Darksoul, kannst du dich noch erinnern? Als wir noch ganz klein waren, hat unser Vater einmal einen Vogel gerettet, der fast erfroren wäre. Er hat uns gezeigt, wie wir unsere innere Wärme mit der Restwärme des Erfrierenden verbinden können, ohne ein Feuer zu erzeugen."

Darksouls Augen leuchteten auf. „Stimmt! Ich erinnere mich!" Schnell lief er zu Tails Eisskulptur.

Beide hielten ihre Hände an das Eis und konzentrierten sich. Zuerst passierte nichts, aber irgendwann fing es an zu schmelzen. Zuerst ganz langsam, dann immer schneller verwandelte sich das Eis zu Wasser und schließlich waren nur mehr die beiden Piraten zu sehen.

Tail öffnete als Erste die Augen. „Mann, bin ich froh, euch zu sehen.“ Ihre Stimme klang noch zerbrechlich und beide zitterten fürchterlich. Aber sie lebten! Die Piraten waren heilfroh, aber für einen Freund gab es keine Rettung mehr …

Saria kniete sich neben die Eisscherben und weinte. Najade war noch nicht lange Teil ihres Lebens gewesen, aber es fühlte sich an, als wäre ein Teil von ihr verloren. Er hatte Arius gerettet und dabei selbst sein Leben gelassen. Tränen liefen ihr über die Wangen. Sie hatte diesen Oceanix schon so sehr in ihr Herz geschlossen und nun sollte er für immer fort sein? Auch wenn sie wusste, dass er nur noch ein Scherbenhaufen war, kam es ihr vor, als würde sie tief in ihrem Inneren seine Stimme hören, die ihr versprach, dass alles wieder gut werden würde.

„Es tut mir so leid! Er ist meinetwegen gestorben.“ Arius drückte seine Schwester an sich.

Saria schüttelte den Kopf. „Es ist nicht deine Schuld, er hätte es für uns alle getan. Nur diese Eismonster sind schuld! Sie haben kein Herz. Wie kann man so grausam sein?“

Sie konnten nicht länger über das Vorgefallene sprechen, sondern mussten Feather und Tail in ihr Versteck bringen und aufwärmen, denn die beiden waren noch stark unterkühlt. Sie wussten nun zumindest, wo sich eins der Amulette befand, aber es hatte sie viel gekostet. Ein verlorenes Leben konnte es kaum wert gewesen sein, zumal sie es noch nicht einmal in Händen hielten.

Arius drehte sich zu Ocean. „Sollen wir wieder in die Höhle zurück?“

Ocean blickte die anderen an. „Ja … da-da-das … so-sollten wir.“

KAPITEL VII

Die wiedergefundene Sprache

Hatte Ocean wirklich gesprochen? Die Freunde hatten so viele Fragen, aber sie mussten die geschwächten Crew-Mitglieder unbedingt zur Höhle bringen.

Doch unterwegs konnte Arius nicht länger an sich halten: „Ocean, was ist passiert? Wieso sprichst du auf einmal? Konntest du es schon immer und wolltest nur nicht?"

Ocean schüttelte den Kopf, er musste sich erst daran gewöhnen zu sprechen. Als ihn alle auffordernd ansahen, versuchte er es trotzdem. „I-i-ich weiß wirklich n-n-nicht, woher da-da-das auf einmal kommt. I-i-ich konnte noch n-n-nie sprechen, s-s-selbst mein Vater kann es nicht. I-i-ich kann es euch a-a-auch nicht erklären."

„Verrückt." Fireeye schüttelte den Kopf. „Da denkt man, man hat bereits alles gesehen, und dann taucht ein Nordvolk mit Geisterwölfen auf, die alles zu Eis werden lassen, Shadow hat plötzlich Visionen und der stumme Kapitän fängt an zu sprechen."

Saria nickte. „Wir sind bestimmt etwas Großem auf der Spur. Ich glaube, die Amulette sind noch wichtiger, als wir bislang dachten. Meins hat vorhin wieder von allein seine Macht aktiviert. Gerade als Feather getroffen wurde, hat es eine Art Strahl entsandt. Ocean ist aber dazwischengetreten und wurde getroffen. Vielleicht hat das Amulett dich zum Sprechen gebracht …"

„Das wäre möglich", stimmte Arius zu. „Diese Amulette sind echt mächtig! Nicht auszudenken, was passieren könnte, wenn die in falsche Hände geraten. Wir müssen unbedingt an die anderen beiden kommen, aber wie? Wir sind dem Nordvolk im Kampf unterlegen."

„Vielleicht brauchen wir mehr Informationen dazu, was hier eigentlich vorgeht. Warum du diese Visionen hast und warum Ocean plötzlich wieder spricht – und natürlich, welche Macht in den Amuletten steckt", meinte Darksoul.

Nachforschungen hatten sie sonst immer in der Versunkenen Bibliothek oder in Calvaria gemacht, aber beides war viel zu weit entfernt. Wie sollten sie nur an weitere Informationen kommen?

Inzwischen waren sie an der Höhle angekommen und errichteten ein wärmendes Lager. Tail und Feather packten sie dick in Felle ein. Darksoul entfachte ein kleines Feuer zwischen seinen Händen und die Freunde setzten sich ringsherum auf den Boden. Alle waren noch aufgewühlt, besonders Saria, die einfach nicht glauben konnte, dass Najade wirklich verloren war.

Nach einer Weile setzte sich Tail langsam auf. Ihre Stimme klang brüchig und sie zitterte immer noch. „Die Eisstadt. Vielleicht gibt es dort auch eine Bibliothek oder andere Informationen."

Ocean schien skeptisch. „Da-da-das letzte Mal ha-ha-haben wir noch Glück gehabt, a-a-aber wenn die Riesen uns dieses Mal wieder mit ihren Wölfen auflauern, werden wir's vielleicht n-n-nicht schaffen."

Arius legte die Stirn in Falten. „Lasst uns darüber nachdenken.

Heute können wir sowieso nichts mehr ausrichten. Wir sind zu müde und zu geschwächt.“

Ocean gab ihm recht und so legten sich alle hin. Sie brauchten jetzt vor allem Kraft und einen Plan – einen guten Plan.

Es war schon spät in der Nacht, das Feuer knisterte leise und von draußen drang nur das Geräusch des Windes in die Höhle. Saria konnte immer noch nicht schlafen. Die anderen waren trotz ihrer Gedanken in einen unruhigen Schlaf gesunken. Sogar Fireeye, die gerade an der Reihe war, das wärmende Feuer am Leben zu halten, hatte die Augen vor Müdigkeit geschlossen. Richtig schlafen dürfte sie aber nicht, denn die Flamme tanzte noch lustig zwischen ihren Händen. Leise schlich sich Saria hinaus vor die Höhle. Die Nacht war sternenklar und die Mondsichel leuchtete hell. Die unwirk-

liche Eislandschaft glitzerte im Licht der Sterne. „Wenn es hier nicht so gefährlich wäre, wäre es wunderschön“, dachte Saria.

Im Mondlicht öffnete sie ihr Amulett. Drei Zeichen, drei Amulette. Was es wohl mit ihnen auf sich hatte? Warum hatte sich das Nordvolk erschrocken, als sie gesehen hatten, dass auch sie eines trug? Oder war es der Blick auf Arius gewesen? Sie schloss das Amulett wieder und nahm es zwischen die Hände. „Hilf mir!“, flüsterte sie wie schon so oft.

Wieder umspielte sie der kalte Wind und sie hörte ein Wispern: „Komm zu mir! Komm! Ich werde dir nichts tun.“

Auch Arius war inzwischen aus seinem unruhigen Schlaf aufgewacht. Ihn ließ der Gedanke an seine Vision nicht los. Warum konnte er diese Dinge sehen? Hatte er eine Gabe, von der bisher niemand wusste, oder hing es mit seinem Vater zusammen? Ein kalter Schauer überkam ihn. Denn eins war ihm in seiner Vision aufgefallen: Er hatte die Situationen nie von außen betrachtet, sondern so wahrgenommen, als würde er durch jemandes Augen blicken. Waren es die Augen des dunklen Magiers gewesen? Oder war es er selbst gewesen, so wie in seinem Traum?

Plötzlich fiel ihm auf, dass Saria nicht da war. Er stand auf, um sie zu suchen.

Saria hörte das Wispern klar und deutlich, als wäre die Stimme, die sie rief, ganz nah. Konnte sie ihr wirklich vertrauen? Es war die einzige Spur, die sie hatten, vielleicht sollte sie der Stimme einfach entgegengehen.

Saria wollte sich bereits auf den Weg machen, als Arius vor die

Höhle trat. „Halt! Wo willst du allein mitten in der Nacht hin?“

Ihr Bruder würde sofort merken, wenn sie log. Also erzählte sie ihm von der Stimme.

Arius schüttelte vehement den Kopf. „Kommt gar nicht infrage, dass du dich allein in Gefahr bringst! Wenn, dann komme ich mit dir.“

Saria verdrehte die Augen. „Wenn du meinst, dann komm halt mit.“

Aber als sie wieder auf die Stimme hören wollte, war sie verschwunden. Wollte sie nur Saria locken und hatte sich zurückgezogen, als Arius aufgetaucht war? Die Chance hatten sie jedenfalls vertan.

KAPITEL VIII

Arktika

Der nächste Morgen war, wie bereits die Nacht, klar. Keine Wolken, kein Nebel war in Sicht. Tail und Feather waren wieder auf den Beinen, zwar noch geschwächt, aber für zwei kurzzeitig Eingefrorene recht lebendig.

Die Freunde frühstückten zusammen, aber sie mussten sich das Essen einteilen, denn viele Vorräte hatten sie nicht mehr. Deshalb gab es nur Trockenfleisch. Es war zäh und geschmacklos, aber half gegen den Hunger. Entweder sie fanden bald etwas Essbares oder sie mussten zurück zur Elementia, um sich Nachschub zu holen. Auch musste Saria bald wieder ins Meer zurück. Sicher machte es inzwischen, was es wollte, und für viele Schiffe konnte das verheerende Folgen haben.

Ocean ergriff das Wort: „Crew, i-i-ich habe die ganze Nacht nachgedacht, und ich glaube, da-da-dass es keine andere Mög-Mög-Möglichkeit gibt als einen erneuten Besuch in der Eisstadt. Da-da-das Wetter ist heute auf unserer Seite. Sollte das Nordvolk au-au-auftauchen, können wir sie frühzeitig sehen. Feather, wie fü-fü-fühlst du dich? Bist du in der Lage, ru-ru-rund um die Stadt Patrouille zu fliegen?“

Feather streckte sich. „Es wird schon gehen. Wenn ich dazwischen immer wieder kurz lande, um mich auszuruhen, sollte es klappen."

Ocean klopfte ihm auf die Schulter. „Gut! Da-da-dann werden wir nach dem Frühstück au-au-aufbrechen. Und eins noch, keiner ma-ma-macht sich ungefragt aus dem Staub. Wenn ihr un-un-untertaucht, kann euch Feather nicht mehr be-be-beschützen."

Die Crew nickte. Mit einem mulmigen Gefühl packten sie ihre Sachen zusammen und machten sich auf den Weg. Als Saria losging, wollte sie aus Gewohnheit Najade auf ihre Schulter setzen. Schmerzlich fuhr ihr die Erinnerung des vergangenen Tages ins Gedächtnis. Najade würde nie mehr auf ihrer Schulter sitzen. Trotzdem erzählte sie aus Gewohnheit in Gedanken ihrem Freund den Plan für den heutigen Tag.

Es war immer noch früher Morgen, als die Piraten an den Stadtmauern der Eisstadt ankamen. Nur langsam wurden die Umrisse der eisigen Gebäude im schwachen Morgenlicht erkennbar. Feather zögerte nicht lang und schwang sich in die Luft. Die Stadt war immer noch unheimlich, auch wenn an diesem Tag keine Nebelschwaden durch die Gassen zogen. Sie gingen in Richtung Hauptplatz. Immer wieder kamen sie an den Eisskulpturen vorbei, die jetzt, da sie wussten, was sie eigentlich waren, noch viel unheimlicher schienen.

Da hatte Arius eine Idee und rief aufgekratzt: „Darksoul, Fireeye, könnt ihr eure Wärmekraft nicht auch bei diesen Menschen hier anwenden? Wir könnten alle wieder zum Leben erwecken."

Fireeye und Darksoul sahen sich betreten an und Darksoul räusperte sich. „Leider nicht. Ihr habt gesehen, wie schlecht es Tail und

Feather ging, als wir sie aufgetaut haben, und sie waren nur wenige Minuten lang eingefroren. Diese Menschen hier sind bestimmt schon Monate, wenn nicht gar Jahre eingefroren. Sie leben sicher nicht mehr …"

Fireeye hatte Mitleid mit den vielen Menschen, und auch wenn sie wusste, dass es nichts brachte, legte sie ihre Hände an eine der Skulpturen. Sie konzentrierte sich, aber nichts geschah, nicht einmal das Eis schmolz. „Das funktioniert nicht mehr. Es ist nicht unsere Kraft, die das Eis zum Schmelzen bringt, es ist die Restwärme der Erfrierenden, die wir verstärken. Und diese Menschen hier haben kein bisschen Wärme mehr in sich. Leider."

Arius ließ enttäuscht die Schultern hängen. Kurz hatte er gehofft, die furchtbaren Ereignisse, die hier stattgefunden hatten, wiedergutmachen zu können.

Auf dem Platz angekommen, erteilte Ocean seine Anweisungen: „Wi-wi-wir teilen uns in Zweiergruppen auf, um eine Bib-Bibliothek oder so zu finden. A-A-Arius, du gehst mit Tail, Da-Da-Darksoul mit Saria und Fireeye ko-ko-kommt mit mir. So haben wir je ei-ei-einen in der Gruppe, der die anderen telepa-pa-pathisch informieren kann, wenn e-e-etwas gefunden wird oder Gefahr droht. Zudem hat je-je-jede Gruppe Feuerkraft, das ist sicher von V-V-Vorteil."

Es war immer noch seltsam, dass Ocean einfach so sprach. Arius fehlten beinahe die Zettel, die er immer zugesteckt bekommen hatte, auch wenn er sich natürlich für Ocean freute.

Die drei Paare machten sich in unterschiedliche Richtungen auf die Suche. Arius fand es schön, ausnahmsweise mit Tail allein unterwegs zu sein. Er hatte das Aquaticus-Mädchen vom ersten

Moment an gemocht, als er es auf dem Markt von Calvaria getroffen hatte. Aber er hatte keine Zeit, über diese Gefühle nachzudenken. Andere Dinge beschäftigten ihn zurzeit mehr.

Sie gingen zwischen Häusern und Tavernen umher und entschlossen sich, ein größeres Haus zu durchsuchen. Eine Stiege führte zum Eingang hinauf, der von zwei Säulen flankiert wurde. Mauerwerk, Säulen, Fenster und Türen, selbst die Stiege bestanden aus Eis. Über der Tür hing eine Glocke. Im Inneren standen viele Tische und an den Wänden waren Regale mit Büchern und Heften. Die Einrichtung war nicht aus Eis, sondern aus Holz und wirkte einladend. Es war keine Bibliothek, aber wahrscheinlich eine Schule, denn an einer Seite stand eine Tafel. Vielleicht konnten sie hier nützliche Informationen finden …

Ocean und Fireeye versuchten es in den Läden der Stadt, schließlich konnte man viel daraus lernen, was für Dinge die Menschen kauften. Eines fiel ihnen sofort auf: Kein einziges Geschäft führte Waffen. Meist gab es Lebensmittel, dort fanden sie nur noch gefrorene und vergammelte Überreste, Kleidung, Werkzeug und Spielsachen. In einem der Läden machte Fireeye eine Entdeckung. „Ocean, sieh dir das mal an." Sie zeigte auf dünnere Röcke und Hosen. Sie waren nicht aus Fellen und Leder gemacht, sondern aus einem einfachen Stoff.

„Was ist da…damit?" Ocean verstand nicht gleich, was ihm Fireeye sagen wollte. Aber dann durchfuhr es ihn. „Leichte Kleidung bedeutet, dass es hier nicht immer nur kalt war! Sonst hätten sie diese Sachen nicht gebraucht."

Fireeye strich sanft über die Kleidung. „Genau! Und dass es hier nirgends Waffen gibt, heißt, dass sie entweder sehr starke Kräfte besessen haben oder aber …"

„… dass es hier nie Kriege o…oder Angriffe gab. Es war also ein sehr friedliches Land!", beendete Ocean ihren Satz.

Fireeye nickte. Das waren doch schon zwei sehr interessante Dinge, die sie da herausgefunden hatten.

Arius und Tail hatten inzwischen einige der alten Geschichtsbücher gefunden und Tail las daraus vor: „Die Bewohner Arktikas gehen seit jeher drei Hauptbeschäftigungen nach: dem Fischen und Beerensammeln im arktischen Sommer und der Eisverarbeitung im Winter. Bereits die Kleinsten helfen mit. Durch den regen Tauschhandel mit den Nordmännern und -frauen mangelt es den Arktikern auch nicht an Fleisch und Fellen."

Arius staunte. „Das ist ja ein Ding. Es gab hier also auch mal eisfreie Zeiten und das Nordvolk dürfte nicht immer so angriffslustig gewesen sein."

Tail rieb ihre Hände aneinander. Eine wärmere Jahreszeit käme ihr jetzt ganz gelegen. Wobei hier wohl selbst die wärmere Jahreszeit immer noch relativ kalt wäre.

Arius murmelte vor sich hin: „Friedliche Zeit … was ist da bloß passiert? Wie konnte aus einem friedlichen Austausch ein so erbitterter Kampf werden?"

Tail konnte ihm diese Frage nicht beantworten, aber auch sie hoffte, bald eine Antwort zu finden.

Saria und Darksoul waren im nördlichen Teil der Stadt unterwegs. Hier lagen hauptsächlich Wohnhäuser und es würde schwierig sein, an brauchbare Hinweise zu kommen. Die Wohnhäuser sahen hübsch aus. Sie alle waren verziert und hatten Erker und Balkone aus Eis. Zwischen zwei Balkonen hing sogar noch eine Wäscheleine, an der gefrorene Kleidung baumelte. Darksoul ging gerade in eins der Häuser, als Saria wieder der kalte Wind umspielte. Sofort stellten sich ihre Nackenhärchen auf. Aufmerksam gab sie sich dem Windhauch hin, der sie sanft zu streicheln schien. Auch das Wispern hörte sie klar und deutlich: „Komm zu mir! Ich brauche dich!"

Saria schaute sich um, das Wispern war so deutlich wie nie zuvor, als wäre die Stimme ganz nah bei ihr. Sie wollte endlich mehr wissen. „Wo bist du?"

„Folge meiner Stimme", wisperte der Wind, und Saria tat es. Sie schaute sich noch einmal um, ob Darksoul sie nicht beobachtete, dann schlich sie davon. Mit klopfendem Herzen folgte sie dem Wispern durch die engen Gassen, bis sie außerhalb der Stadtmauern stand.

Hatte sie einen Fehler gemacht? War das eine Falle gewesen, um sie von den anderen wegzulocken? Nein, sie würde jetzt nicht umkehren, sie musste wissen, was da vor sich ging. Saria blickte zum Himmel, Feather war nirgends zu sehen, also konnte sie unbemerkt weitergehen. Das melodische Wispern lockte sie unter eine Brücke aus Eis. Während Saria den Abhang hinunterstieg, lief es ihr kalt über den Rücken. Schritt für Schritt näherte sie sich der Brücke. Ein letztes Wispern streifte ihre Wange, bevor sie unter die Brücke trat. Erschrocken zuckte sie zusammen, denn dort stand er, allein, ohne Begleitung, der Nordmann mit dem Amulett.

KAPITEL IX

Leif, der Erstgeborene

Saria sah sich ängstlich um, aber der Nordmann beruhigte sie: „Du musst keine Angst haben, ich bin allein."

Die Stimme des Nordmanns kam ihr vertraut vor und erinnerte sie an das Wispern im Wind.

Trotzdem traute Saria ihm nicht. „Wo ist dein Wolf?"

Der Nordmann schaute ihr in die Augen. „Ich habe keinen."

Saria wusste zuerst nicht, warum sie ihm glaubte, aber dann fiel ihr etwas auf. Er hatte nicht die schwarzen Augen der Nordmänner, die fast tot wirkten. Seine Augen waren von einem klaren Eisblau und schienen vor Leben nur so zu funkeln.

„Wer bist du? Und warum rufst du mich ständig?" Saria glaubte ihm zwar, dass er sie nicht angreifen wollte, aber vertrauen würde sie ihm so schnell nicht.

„Mein Name ist Leif. Ich bin der erstgeborene Sohn des Häuptlings der Nordmänner. Ich habe dich gerufen, weil du das Amulett trägst."

Saria legte schützend die Hand auf ihr wertvolles Schmuckstück. „Ich bin Curly und glaube mir, ich werde es nicht zulassen, dass du mir mein Amulett wegnimmst."

Leif hob abwehrend die Hände. „Das will ich nicht, ich will

euch überhaupt nichts Böses."

Saria schnaubte. „Das soll ich dir glauben? Ihr und eure Geisterwölfe habt uns bedroht, bekämpft, zwei von uns eingefroren und einen sogar getötet. Und was ihr dieser Stadt und ihren Bewohnern angetan habt, ist noch viel grausamer. Ihr seid Bestien!" Wütend wandte sie ihren Blick ab.

Leif schaute traurig zu Boden. „Du hast recht. Wir sind Bestien. Aber nicht freiwillig."

Saria schaute verwundert hoch, mit dieser Antwort hatte sie nicht gerechnet.

Leif setzte sich zum Zeichen seiner friedlichen Absichten. Saria hingegen misstraute ihm immer noch und blieb lieber stehen. Der Nordmann begann zu erzählen: „Das Nordvolk war einst ein friedliches Volk. Wir lebten mit unseren Wolfsgefährten als Nomaden in der eisigen Tundra. Durch das Jagen konnten wir gut leben, da wir alles andere Lebensnotwendige mit den Bewohnern von Arktika getauscht haben."

Saria verschränke ihre Arme. „Aber warum habt ihr die Stadt angegriffen, wenn ihr sie und ihre Bewohner gebraucht habt? Und warum habt ihr diese furchteinflößenden Geisterwölfe an eurer Seite?"

Leif schnaufte. „Zuerst einmal sind das keine Geisterwölfe, sondern die Seelen des Nordvolks. Ein Fluch hat sie von ihren

Körpern getrennt und sie zu diesen gefühllosen Bestien gemacht."

„Ein Fluch?" Saria kam aus dem Staunen nicht mehr heraus.

„Alles begann mit einem Piraten, der eines Tages unsere Insel betrat. Er hatte mehrere elementare Fähigkeiten und kannte sich mit dunkler Magie aus. Aber das haben wir erst zu spät bemerkt."

Saria hatte so viele Fragen, sie wusste gar nicht, wo sie anfangen sollte. Also fragte sie das Naheliegendste: „Warum bist du anders als die anderen Nordmenschen?"

Leif grinste schief. „Ich hatte Glück. Als das alles geschah, war ich noch sehr jung, vielleicht sieben Jahre alt. Mein Vater hatte mir dieses Amulett mitgebracht. Er hatte es in einer Höhle, tief verborgen im Eis, gefunden. Ich trug es vom ersten Tag an und es hat mich vor dem Fluch beschützt. Leider wurde es mir dann entrissen, aber der Fluch hatte trotzdem keine Wirkung mehr auf mich."

Plötzlich hörte Saria Feather nach ihr rufen. Sicher hatte Darksoul Meldung gemacht, dass sie nirgends zu finden war. Sie musste zurück, damit sich die anderen keine Sorgen machten. „Eine letzte Frage noch: Was willst du eigentlich von mir?"

Leif schaute sie durchdringend an. „Deine Hilfe."

Saria musste los und Leif rief ihr noch nach: „Ich finde dich wieder, aber haltet euch lieber von dieser Stadt fern."

Saria lief zurück zur Stadtmauer, wo bereits Feather nach ihr suchte. „Curly, dem Klabauter sei Dank! Ich dachte schon, dich hätten die Wölfe geholt."

Auch Arius kam angelaufen. Schnell teilte er den anderen mit, dass sie Saria gefunden hatten und ihr nichts passiert war. Zusammen gingen sie zurück zum Hauptplatz, wo Ocean ihr eine

Standpauke hielt. „C-C-Curly, wir ha-ha-hatten vereinbart, dass niemand einen A-A-Alleingang macht. Dir hätte sonst was pa-pa-passieren können. Du hättest auf No-No-Nordmänner treffen können."

„Das bin ich auch!", unterbrach sie ihn. „Ach, und übrigens fand ich es besser, als der Kapitän noch nicht so viel gequasselt hat", witzelte Saria frech.

Kurz mussten ihre Freunde lachen, sogar Ocean konnte ein Grinsen nicht unterdrücken. Dann aber hakte er doch nach: „W-w-wie meinst du das? Du bist den No-No-Nordmännern begegnet?"

„Nur einem, aber der hatte viel zu sagen."

Arius wurde ungeduldig. „Willst du uns nicht mehr erzählen?"

„Doch, Bruderherz, aber wir sollten hier weg, es könnte jederzeit gefährlich werden." Da sie nun schon einige Informationen beisammen hatten, konnten sie genauso gut in ihre Höhle zurückkehren. Sicher war sicher. Dort konnten sie in aller Ruhe über alles sprechen und überlegen, was sie als Nächstes tun sollten.

KAPITEL X

Nächtliche Begegnung

Das Mienai stand noch auf der gefrorenen Brücke. Es hatte sich dort versteckt und das Gespräch belauscht. Nun hatte sich die Piratin wieder davongemacht, nur der Nordmann war noch hier, aber auch dieser machte sich nun auf den Weg.

Das Mienai beschloss, ihm zu folgen und mehr über den Träger des zweiten Amuletts zu erfahren. Der enttäuscht wirkende Nordmann kehrte zu seinem Volk zurück. Es war erst kurz nach Mittag, aber der Himmel verdunkelte sich bereits. Der Nordmann ging in Richtung einer Behausung aus Eis. Es waren kuppelartige Unterschlupfe, die im Schnee fast komplett zu verschwinden schienen. Das Schattenwesen schlich fast unsichtbar zu der Schneekuppel und schaute durch eine Öffnung im Dach. Durch diese wurde Rauch des Lagerfeuers aus dem Inneren nach draußen gelassen, was das Hineinsehen erschwerte. Das Feuer schien die Behausung gemütlich warm zu halten, aber es roch seltsam. Anscheinend verbrannten sie allerhand verschiedene Überbleibsel, denn Feuerholz gab es ja keines. Töpfe und Pfannen, die daneben lagen, ließen darauf schließen, dass hier auch gekocht wurde. Die Bettlager waren mit Stroh und Fellen ausgepolstert, sicherlich ließ es sich so auch bei den eisigsten Temperaturen gut schlafen. Das Stroh wirkte allerdings durchgelegen und alt. Wo sie das wohl herhatten? Hatte es einmal Gras gegeben auf Fimbulwinter?

Vor der Tür schlichen die Seelenwölfe ruhelos umher, wie sie es immer taten. Die armen Seelen und mit ihnen ihre Besitzer konnten einfach nicht zur Ruhe kommen. Es musste anstrengend sein, nie Frieden zu finden.

Der Nordmann wanderte den ganzen Nachmittag unruhig durch seine Behausung. Immer wieder setzte er sich, nur um kurz darauf wieder Haare raufend aufzuspringen. Seine Gedanken schienen ihm keine Ruhe zu lassen. Als der Abend einbrach, legte er sich erschöpft ins Bett. Trotz seiner anhaltenden Unruhe schlief er schnell ein. Bald würde er in einen tiefen Schlaf gefallen sein und zu träumen anfangen …

Das Mienai hatte genau auf diesen Augenblick gewartet. Leise sprang es vom Dach und suchte sich unweit vom Lager des Nordvolks einen geeigneten Platz. Gut geschützt durch einen Schneewall saß es an einem kleinen Lagerfeuer, welches es mithilfe eines kleinen mechanischen Geräts aus den Werkstätten der Windisch erzeugte. Eine Art Schatulle, in der sich beim Öffnen eine Flamme entzündete. Durch das Drehen an einem Rädchen wurde aus der kleinen Flamme ein beachtliches Feuer. Da in diesem gefrorenen Land kein bisschen Holz zu finden war, erwies sich das Gerät als sehr nützlich. Das Mienai sammelte seine Konzentration und kreuzte die Arme auf seiner Brust. Es war aufgeregt, denn es war überaus wichtig, den Nordmann von seinem Plan abzubringen. Schon durchdrang ihn ein warmer Strahl, sein Kopf knickte nach hinten und es begab sich auf seine Reise.

Das Mienai ging über spärlich mit Heidekraut und Grasbüscheln bewachsene Wiesen. Also hatte er vielleicht recht gehabt und Fimbulwinter hatte nicht immer komplett aus Eis bestanden. In der Ferne sah er Leif und seinen Vater in eine Unterhaltung vertieft. Andere Nordmenschen wuschen Wäsche oder sammelten Beeren. Kinder spielten mit jungen Wolfshunden. Das Mienai musste sich nicht verstecken, es war für den Träumenden unsichtbar, solange das Wesen es so wollte.

Das Mienai stellte sich zu Leif und seinem Vater. Alle wirkten so friedlich und glücklich. Ein Bild aus einer anderen Zeit. Doch von einem Moment auf den anderen änderte sich das Bild. Es stürmte und schneite und alles war plötzlich aus Eis. Die Nordmenschen schrien und eine dunkle Gestalt bedrohte sie. Das Mienai war darüber nicht erstaunt. Träume änderten sich ständig, oft gab es keine Logik, aber meist verarbeiteten die Träumenden darin Erlebnisse, Hoffnungen und Wünsche.

Die dunkle Gestalt kam näher und hob die Hände. Die Nordmenschen fielen zu Boden und das Leben schien aus ihnen zu weichen. Aber anstatt zu sterben, schlüpften ihre Seelen in die Wolfshunde. Diese verwandelten sich daraufhin in Geisterwölfe.

Dann wechselte das Bild wieder. Leif stand allein vor Curly, sie sprachen miteinander. Sie wirkten vertraut und Leif schien ihr freundlich gesinnt. Schließlich überreichte der Nordmann ihr sein Amulett.

Das war ein Bild, das dem Mienai gar nicht gefiel. Es musste diese Chance ergreifen und verhindern, dass Curly an das zweite Amulett kam. Niemand sollte mehr als eines besitzen. Eigentlich sollte niemand auch nur eines besitzen. Das Mienai konzentrierte sich. Dank seiner Gabe konnte es nicht nur in die Träume anderer reisen, sondern sie auch beeinflussen. Es schlüpfte in Curlys Gestalt. Sobald Leif ihr das Amulett überreicht hatte, zog das Mienai in Gestalt Curlys ein Schwert und stach zu. Leif fiel zu Boden. Während ihn seine Kräfte verließen, sah er im Traum, wie die vermeintliche Traum-Curly das gesamte Nordvolk tötete.

Dann erwachte er.

Das Mienai war sehr mit sich zufrieden. Zwar verbreitete es nicht gerne schlimme Träume, aber manchmal war es der einzige Weg, jemanden zur Vernunft zu bringen. Bestimmt war der Nordmann mit Schrecken aus seinem Schlaf erwacht und das Mienai hatte es geschafft, ihn zu verunsichern. Er würde Curly nicht mehr einfach so trauen. Ob er sie jetzt noch um Hilfe bat, würde er sich zweimal überlegen. Vielleicht verschaffte das Mienai sich so Zeit, sie von einer Vereinigung abzubringen. Vor allem diesen Shadow wollte er nicht in der Nähe der Amulette wissen. Denn ihm war noch etwas in Leifs Träumen aufgefallen: Die dunkle Gestalt, die alle Nordmenschen in Bestien verwandelt hatte, hatte große Ähnlichkeit mit dem jungen Piraten gehabt.

KAPITEL XI

Erneuter Ruf

„Nun erzähl schon!" Arius konnte es kaum erwarten, dass Saria über ihre Begegnung mit Leif berichtete.

Also setzte sie sich hin und erzählte Wort für Wort, was ihr der Häuptlingssohn berichtet hatte.

Tail bekam vor Staunen den Mund kaum zu. „Also war das Nordvolk nicht immer so furchterregend. Und diese Wölfe sind gar keine Geisterwölfe?"

Saria schüttelte den Kopf. „Nein. Es sind keine toten Wölfe, sondern die Seelen der Männer und Frauen, die ihre Körper verlassen haben und in ihre Begleittiere gefahren sind. Und anscheinend wollte Leif meine Hilfe."

Feather schaute argwöhnisch. „Ich traue dem nicht ganz. Vielleicht ist das alles nur eine Falle, um an dein Amulett zu kommen."

Ocean stimmt Feather zu: „I-i-ich wäre auch vorsichtig, es kö-kö-könnte sein, dass sie genau wie wir a-a-auf der Suche nach allen drei Amuletten sind. U-u-und ihre Absichten sind vielleicht nicht die be-be-besten."

„Das will ich mir gar nicht vorstellen! Diese Bestien in Besitz der drei Amulette …" Fireeye schüttelte sich.

„St-st-stimmt! Da-da-das müssen wir verhindern, du solltest

diesem Ke-Ke-Kerl nicht zu sehr vertrauen. A-a-am besten, du triffst dich nicht mehr mit ihm." Ocean sprach in einem bestimmenden Tonfall. Es war kein Rat, sondern ein Befehl als Kapitän.

Saria war jedoch hin- und hergerissen. Sicher hatten ihr Freunde recht, sie musste vorsichtig sein. Aber sie wollten an die zwei anderen Amulette kommen, und wie sollte das funktionieren, wenn sie sich von Leif fernhielt?

Nur zu gerne hätte sie Najade um Rat gefragt. Sein feines Gespür hätte ihr sicher helfen können, um herauszufinden, ob Leifs Absichten ehrlich waren. Beim Gedanken an ihren verlorenen Freund blitzte eine Träne in ihrem Augenwinkel auf. Schnell wischte sie die weg. Als Piratin und Meeresgöttin sollte sie nicht ständig weinen.

Der Tag verging wie im Flug, während sich die Freunde über ihre Funde und Erkenntnisse der Eisstadt austauschten und beratschlagten. Müde und voller neuer Eindrücke gingen sie abends zu Bett. Darksoul übernahm die erste Nachtwache und anders, als es Saria erwartet hatte, erhielt sie keine nächtlichen Rufe von Leif. Hatte er es sich anders überlegt? Brauchte er ihre Hilfe nicht mehr oder hatte er seinen Plan geändert? Am Ende war sie sich nicht einmal sicher, wie sie auf seine Rufe reagiert hätte.

Der junge Nordmann wälzte sich die restliche Nacht über hin und her. An Schlaf war nach dem eigenartigen Traum nicht mehr zu denken. Deshalb fühlte er sich am nächsten Morgen gerädert und übermüdet. Was sollte er nur tun? Sich von diesem Traum aufhalten lassen? Zur Sicherheit hatte er Curly keine Nachricht zukommen lassen. Er wollte in Ruhe über alles nachdenken. Die

Lage war verzwickt. Wenn er der falschen Person vertraute, wie sie es mit dem dunklen Elementarier getan hatten, würde ihre Situation noch schlimmer werden. Doch wenn Leif gar nicht handelte, konnte sie sich auch nicht verbessern. Das erste Mal seit so vielen Jahren gab es Hoffnung. Hoffnung, das Nordvolk zu erlösen und dem Fluch ein Ende zu setzen. Entschlossen stand der Nordmann auf. Es half nichts, er musste mutig sein. Vielleicht war dies die einzige Chance für die Nordmenschen!

Saria stand vor der Höhle und dachte über das Gespräch von gestern nach. Sie musste ihren Freunden recht geben, dass das Nordvolk keinen vertrauenswürdigen Eindruck machte. Aber Leif war ihr anders vorgekommen. In seinem Blick lagen so viel Traurigkeit und Schmerz. Seine Worte klangen ehrlich und er trug nicht einmal eine Waffe. Leif hatte ihr auch bereitwillig alles erzählt, was sie wissen wollte. Oder war das nur ein Trick gewesen? Nein, das konnte sie nicht glauben. Vielleicht musste sie einfach auf ihr Innerstes hören und ihm vertrauen.

In diesem Moment hörte sie das Wispern: „Curly, bitte komm! Ich brauche dich!"

Noch während sie der leisen Stimme lauschte, wusste sie, dass sie ihr folgen würde. Sie musste es einfach tun! Auch wenn sie damit den Befehl des Kapitäns missachtete.

Langsam schlich sie aus ihrem schützenden Lager davon. Einmal schaute sie sich noch um und als sie niemanden sah, ging sie weiter.

Doch sie war nicht allein, wie sie dachte, Arius war ganz nah bei ihr. Denn er kannte seine Schwester zu gut. Er hatte gewusst, dass er sie keinen Moment aus den Augen lassen konnte. Wie konnte seine

Schwester nur vergessen, dass er sich unsichtbar machen konnte? Er hatte schon eine Weile neben ihr gestanden und gesehen, wie sie dem Ruf des Nordmanns gelauscht hatte. Es war nicht richtig, seiner Schwester nachzuspionieren, aber er musste sie beschützen, das war das Wichtigste.

Das Mienai blickte dem Mädchen nach, das sich davonschlich. Wo wollte sie hin? Es war doch nicht möglich, dass der Nordmannsohn sich trotz seines brutalen Traums traute, sie zu treffen? Er musste ihr folgen, hoffentlich irrte er sich. Aber auch wenn sich die beiden trafen, musste der Nordmann ihr noch lange nicht sein Amulett überlassen. Das war das Wichtigste! Falls es dazu kam, würde das Mienai es verhindern, auch wenn es dafür seine Deckung aufgeben musste. Auch wenn es damit alles riskieren würde.

KAPITEL XII

Böses Blut

Saria folgte Leifs Ruf bis in eine kleine Schlucht. Von außen war sie nicht einzusehen. Sobald man ein paar Schritte hinein gemacht hatte, war man gut geschützt. Sicher hatte Leif deshalb diesen Ort ausgesucht. Aber ob er sich ungestört mit ihr unterhalten oder sie ungesehen angreifen wollte, musste sich erst noch herausstellen.

Arius gefiel diese Schlucht nicht, sie erinnerte ihn zu sehr an einen Traum, der ihn nicht loslassen wollte. Er wich nicht von der Seite seiner Schwester, war nur einen Arm breit von ihr entfernt und würde sie mit allem verteidigen, was er besaß. So leise wie möglich setzte er einen Fuß nach dem anderen in den Schnee. Um keine Fußabdrücke zu hinterlassen, trat er in die Spur seiner Schwester.

Sarias Herz klopfte, während sie tiefer in die Schlucht vordrang. Der Weg durch die Schlucht war schmal und die Eiswände waren hoch. Das Eis der Wände war so klar, dass sich Saria schon fast darin spiegelte. Immerwährendes Eis.

Sie fragte sich, ob sie noch lange nach Leif würde suchen müssen, aber da stand er schon vor ihr. Wie beim letzten Mal hatte er weder einen Seelenwolf noch eine Waffe bei sich. Anders als Saria, sie hatte immer einen Dolch griffbereit.

Der Nordmann machte einen Schritt auf sie zu. „Hallo, Curly! Ich bin froh, dass du meinem Ruf gefolgt bist. Leider wurden wir letztes Mal unterbrochen."

Saria nickte ihm zu. „Was willst du von mir?"

„Ich möchte dir mehr erzählen. Die ganze Geschichte. Und ich möchte dich um Hilfe bitten."

Saria musterte ihn misstrauisch. „Das hast du bereits letztes Mal gesagt. Du kannst gerne deine Geschichte erzählen, aber ob ich dir helfe, kann ich nicht versprechen."

Sie setzen sich, nur Arius blieb genau in der Mitte stehen. Sollte der Nordmann etwas planen, würde er sein Feuer zu spüren bekommen.

Leif blickte sich um, um sich zu vergewissern, dass sie allein waren. Dann begann er mit seiner Geschichte. „Vor vielen Jahren kam ein Pirat nach Fimbulwinter. Zu dieser Zeit lebten die Nordmenschen noch friedlich mit den Arktikern zusammen. Bald merkte mein Volk, dass dieser Mann ein besonderer Pirat war, er hatte die Fähigkeiten der Trockenländer, aber auch die der Feueraugen. Er war also Elementarier. Bis zu diesem Moment hatten alle geglaubt, es gäbe die Elementarier gar nicht mehr. Auch wenn unsere Insel außerhalb des Calvarischen Hoheitsgebiets liegt, wussten wir über die dort lebenden Völker Bescheid."

Arius wurde hellhörig, die Beschreibung dieses Elementariers ließ ihn erschaudern.

Plötzlich hörten sie ein Geräusch. Sie schreckten auf und sahen nach oben, denn von dort, vom Rande der Schlucht, war es hergekommen. Aber es war niemand zu sehen, nur ein Stückchen Eis hatte sich gelöst und war heruntergefallen.

Da sie sonst nichts erkennen konnten, sprach Leif weiter. „Der Pirat, alle nannten ihn Ashdust, schloss sich unserem Volk an. Er lebte bei uns und zog mit uns umher. Seine Fähigkeiten erleichterten die Jagd und immer mehr vertraute unser Volk diesem Piraten. Ein schwerer Fehler! Denn alles, was er wollte, war mein Amulett. Er besaß bereits eines und war bereit, alles zu tun, um an das zweite zu kommen."

Saria schaute verwundert. „Aber wie ist das möglich? Ich habe mein Amulett doch von Airas bekommen und du hast deines auch noch."

Leif bedeutete ihr, geduldig zu sein. „Alle Antworten kenne ich auch nicht. Aber ich will dir alles erzählen, was ich weiß. Sobald Ashdust ein Teil unseres Volkes geworden war, hat er es ausgenutzt, dass wir ihm vertrauten. An Winternacht, ein Fest, das wir jedes Jahr abhielten, hat er uns angegriffen. Es war sehr einfach für ihn, da wir das Fest friedlich feierten und niemand eine Waffe trug. Als Erstes schnappte er sich mein Amulett. Da ich noch klein war, war das keine große Herausforderung für ihn. Sobald er beide Amulette um den Hals trug, sprach er den Fluch aus und die Macht der zwei Amulette verstärkte ihn. Sofort bemerkten wir, dass es sich um dunkle Magie handelte, aber da war es bereits zu spät. Ich glaube, dass das Amulett des immerwährenden Eises verhindert hat, dass ich dem Fluch unterlag. Vielleicht weil es mich als würdigeren Träger empfand als Ashdust oder etwas von seiner Magie bei mir geblieben war. Den Rest kennst du bereits."

Saria nickte langsam. „Die Seelen der Nordmenschen wurden von ihren Körpern getrennt und dann haben sie Arktika überfallen?"

Leif schaute traurig zu Boden. „Ja. Von dem Moment an, in dem ihre Seelen in die Wolfshunde fuhren und aus ihnen Geisterwölfe wurden, verwandelten sich alle meine Stammesmitglieder in Bestien."

„Außer dir." Saria schaute Leif durchdringend an.

„Außer mir. Allerdings wünschte ich manchmal, dass es mich auch erwischt hätte. Diese Dinge mitansehen zu müssen, ist einfach nur furchtbar. Wenn ich meine Bücher nicht gehabt hätte, wäre ich komplett durchgedreht. Ich war noch so jung, außer Lesen und Schreiben konnte und wusste ich noch so wenig. Zumindest aus diesen Aufzeichnungen verstand ich die Aufgaben meines Volkes und unsere wahren Prinzipien. Ich hatte sofort verstanden, dass dieser Fluch mein Volk zu etwas Furchtbarem gemacht hatte. Aber wie sollte ich sie allein aufhalten?“

Saria verstand Leif. Sicher war es schwer, seine Familie, sein Volk so zu sehen. Sie konnte sich gar nicht ausmalen, wie es für sie wäre, wenn ihren Freunden dasselbe widerfahren würde. Aber eins interessierte sie noch brennend: „Wo habt ihr das dritte Amulett versteckt? Hast du zwei oder trägt es jemand anderes?“

Leif schien sichtlich irritiert. „Wie meinst du das? Nur ich besitze ein Amulett. Ein zweites hatten wir nie!“

Saria schaute den Nordmann skeptisch an. Sagte er ihr die Wahrheit? Oder wollte er nur verheimlichen, dass sie auch in Besitz des dritten Amuletts waren?

Arius war schockiert. Die Geschichte, die er da gehört hatte, traf ihn zutiefst. Er hatte so einen Gedanken und der wollte und wollte ihn einfach nicht loslassen.

Saria hingegen wollte nun wirklich alle Details erfahren. „Warum hat sich dein Volk bei unserem Kampf zurückgezogen? War es, weil sie mein Amulett gesehen haben?“

Leif nickte. „Zum Teil, ja. Sie hatten nicht damit gerechnet, dass wieder ein Amulett auftaucht. Aber auch wegen des einen Piraten.“

Saria zog die Augenbrauen zusammen. „Wegen wem?“

„Wegen des anderen Trockenländers. Oder soll ich sagen, Elementarier? Schließlich hat er genau dieselben Fähigkeiten wie Ashdust. Aber als sie bemerkten, dass er auch noch so aussieht wie er, waren sie erschüttert.“

Arius japste auf. Saria und Leif schauten sich erschrocken um, als Arius seine Tarnung fallen ließ. Ihm war es egal, ob ihn die beiden nun sahen, zu sehr beschäftigte ihn, was er gerade gehört hatte.

Saria riss die Augen auf. „Arius! Was machst du hier?“

Leif war nicht begeistert, er vertraute diesem Piraten ganz und gar nicht, da er aussah wie der dunkle Magier. Mit bösen Augen funkelte er ihn an. „Was willst du hier? Nimmst du dir jetzt unsere Amulette?“

Saria versuchte, Leif zu beruhigen. „Das wird er nicht tun, er ist mein Bruder.“

Arius konnte nur noch seinen Kopf schütteln, seine Gedanken kreisten und er wollte es einfach nicht glauben. Konnte es wirklich sein? Konnte dieser Elementarier, der dunkle Magie benutzte und Völker vernichtete, wirklich der sein, für den Arius ihn hielt? Auch wenn er in seinem Traum sich selbst gesehen hatte, war ihm tief drinnen schon länger klar, wer dieser dunkle Magier war.

Saria wusste genau, welche Gedanken ihm jetzt durch den Kopf gingen, und legte ihm sanft eine Hand auf die Schulter. „Bruder, das heißt gar nichts. Auch wenn es so wäre, du bist nicht er!“

Arius brachte nur einen Satz heraus, zu mehr war er nicht imstande: „Böses Blut! In meinen Adern fließt böses Blut.“

KAPITEL XIII

Am Rande der Schlucht

Das war noch einmal gut gegangen. Das Mienai war Saria, genau wie Arius, ungesehen zur Schlucht gefolgt. Da es sich nicht unsichtbar machen konnte wie die Trockenländer, war es am Schneid der Schlucht entlanggeschlichen und hatte von dort oben aus das Gespräch belauscht. Sie hätten ihn fast entdeckt, als es ein Stück Eis am Rand losgetreten hatte, aber das Mienai hatte sich rechtzeitig verstecken können. Zum Glück war es schnell genug gewesen und hatte so all die Dinge erfahren, die der Nordmann erzählt hatte. Aber diese Dinge gefielen ihm gar nicht. Nicht nur, dass nun zwei der drei Amulette an ein und demselben Platz waren, es war anscheinend auch noch ein Nachfolger des einzigen Piraten, der jemals alle drei Amulette besessen hatte, in deren Nähe. Eine Katastrophe! Die Geschichte durfte sich nicht wiederholen. Das Mienai durfte jetzt keinen Fehler machen. Letztes Mal hatten sie zu lange gewartet und das Unheil hatte seinen Lauf genommen. Das Schattenwesen musste nun sehr klug vorgehen, um die Welt zu schützen. Koste es, was es wolle.

Saria hatte sich zu Arius gesetzt, um ihn zu trösten. Sie wusste, wie erschütternd diese Neuigkeiten für ihren Bruder waren.

Leif aber wurde zusehends unruhiger. Nervös lief er hin und her. „Ich werde nun gehen. Das ist sicher besser.“

Saria hielt ihn zurück. „Nein, warte. Du musst keine Angst haben. Arius würde dir nie etwas tun. Ganz egal, ob unsere Vermutung stimmt und Ashdust sein Vater ist.“

Sie hatte es gesagt. Saria hatte ausgesprochen, was Arius nicht konnte. Er wollte nicht wahrhaben, dass ausgerechnet sein Vater der fürchterlichste aller Piraten sein sollte. Was hieß das für ihn?

Saria stand wieder auf und ging zu Leif. „Bitte, geh noch nicht. Du wolltest uns noch mehr erzählen.“

Leif schaute zu Arius. „Ich wollte dir noch mehr erzählen. Von ihm hatte ich nichts geahnt.“

Saria verstand Leif, aber sie wollte auch Arius in Schutz nehmen. Arius aber wusste, dass es besser war, sie jetzt allein zu lassen. Zudem war er langsam überzeugt, dass dieser Nordmann nichts Böses im Sinn hatte. Also ging er gedankenversunken und ließ die zwei unter sich. Saria hatte Mitleid mit Arius, aber sie kannte ihren Bruder, er musste jetzt allein sein.

Sobald Arius verschwunden war, beruhigte sich Leif und sprach wieder offen: „Ich hoffe für dich, dass du recht hast und Arius nicht so ist wie sein Vater. Aber, Moment! Wenn er dein Bruder ist, ist Ashdust dann nicht auch dein Vater?“

Saria schüttelte den Kopf. „Wir sind eigentlich gar nicht verwandt, wir sind nur bei derselben Frau, Arius’ Mutter, aufgewachsen. Wir wissen es selbst erst seit kurzer Zeit, fühlen uns aber trotzdem verbunden.“

Leif glaubte ihr und erzählte deshalb weiter: „Also, wo war ich stehen geblieben … ah ja … Ashdust verließ uns, nachdem er das Amulett in den Händen hatte. Er ließ uns einfach so zurück, verflucht und ohne Hoffnung. Sicher hatte er sich auf den Weg gemacht, um das dritte Amulett zu finden."

Saria überlegte. „Dann ist das dritte Amulett wirklich nicht hier auf Fimbulwinter? Und wie sind unsere Amulette wieder zu uns zurückgekehrt?"

„Natürlich ist es nicht hier! Und wie die Amulette zurückgekommen sind, weiß ich auch nicht. Dieses Rätsel konnte ich bis heute nicht lösen. Ich weiß nur, dass mein Amulett eines Tages wieder bei mir war, als hätte eine unsichtbare Hand es mir wieder um meinen Hals gelegt." Leif berührte sein Amulett sanft.

Diese Geschichte war wirklich seltsam. Die Amulette schienen auf magische Weise ihre Besitzer zu wechseln, gewollt oder auch nicht.

„Aber was kann ich tun? Wie soll ich euch helfen?" Saria überlegte, ob sie etwas gegen den Fluch ausrichten könnte.

Leif versuchte es ihr zu erklären: „Du allein wirst es sicher nicht schaffen, deine Crew wird dir helfen müssen. Denn sobald du in die Nähe meines Volkes kommst, werden sie dich angreifen. Aber ich bitte euch, es trotz der Gefahr zu versuchen. Der Fluch muss endlich gebrochen werden, damit mein Volk wieder in Frieden leben kann."

Saria wollte helfen, hatte aber keine Ahnung, was sie machen sollte. „Und wie bricht man einen Fluch?"

„Das ist schwierig", musste Leif zugeben. „Vor allem, da es sich um dunkle Magie handelt. Sie ist stark, und wenn man es nicht richtig macht, fordert sie Opfer. Ich habe in einem alten Buch gelesen, dass der Fluch gebrochen werden kann, indem man die

Seelen aus den Wölfen wieder zurück in ihre richtigen Körper zwingt. Es braucht dazu sehr starke mentale Fähigkeiten oder besondere Magie. Natürlich könnten unsere zwei Amulette diese verstärken. Hat einer deiner Freunde solche Fähigkeiten?"

Saria blickte traurig zu Boden. „Einer meiner Freunde hatte sie, aber dein Volk hat ihn getötet."

Leif erschrak. „Dann sind wir verloren!"

„Ich werde darüber nachdenken, vielleicht gibt es eine andere Lösung. Aber ich kann dir nichts versprechen."

Als sich Saria verabschiedete, blickte Leif ihr traurig nach. „Vielen Dank, Curly, du bist meine letzte Hoffnung!"

Saria aber beeilte sich. Sie wollte schnell zurück in die Höhle, um bei Arius zu sein und ihm zur Seite zu stehen. Und noch eine zweite Sache nagte an ihr: Wo, wenn nicht hier, befand sich das dritte Amulett?

KAPITEL XIV

Shadows Vergangenheit

Arius kehrte nicht direkt zum Lager zurück. Eine Weile lief er einfach umher. Die weiße, klirrend kalte Landschaft nahm er kaum wahr. Auch dass es wieder zu schneien begonnen hatte, fiel ihm nicht einmal auf. Das alles schien so unwirklich. Er hatte sich kaum dran gewöhnt, Elementarier zu sein, und jetzt sollte er auch noch der Sohn eines dunklen Magiers sein? Das war zu viel für ihn. Doch Schritt um Schritt, Luftzug um Luftzug verlangsamte sich sein rasender Herzschlag. Die Stille der weißen Weiten schien ihn zu beruhigen und so kehrte er schließlich doch zurück zur Höhle und zu seinen Freunden.

Saria war vor Kurzem auch zurückgekommen und hatte ihn bereits gesucht. „Arius! Wo warst du? Ich hab mir Sorgen gemacht. Wie geht es dir?"

Arius winkte nur ab. Er wollte jetzt nicht sprechen. Er wollte einfach seine Ruhe haben und zog sich in einen der hintersten Teile der Höhle zurück.

Saria fiel es schwer, sich nicht um ihn zu kümmern. Aber auch Tail schien es kaum zu ertragen, ihn so zu sehen. Auch wenn sie es nie zugeben würde, war Shadow ihr sehr ans Herz gewachsen. „Was ist mit Shadow los? Wo wart ihr?", fragte sie an Saria gewandt.

Saria wusste, dass ihr Bruder damit einverstanden wäre, und so erzählte sie der Crew alles, was sie erfahren hatten. Vom Nordvolk, vom dunklen Fluch, von Ashdust und seinen bösen Taten und schließlich von Leifs Bitte, ihnen zu helfen.

Ein überraschtes Raunen ging durch die Gruppe. Die Freunde waren geplättet, mit diesen Neuigkeiten hatten sie nicht gerechnet. Dieser Ort schien voller Geheimnisse zu sein.

„Dann glaubt ihr, dass dieser Ashdust Shadows Vater ist?" Tail kam aus dem Staunen nicht mehr heraus.

„Wir haben noch keinen Beweis, aber es spricht viel dafür."

„Das muss furchtbar für ihn sein." Feather konnte sich nur zu gut vorstellen, was Arius gerade durchmachte. „Als ich gemerkt habe, dass mein Vater der Anführer des Inneren Kreises war und nicht einmal vor dem Tod Unschuldiger zurückschrecken würde, nur um sich zu bereichern, war ich geschockt. Man stellt plötzlich alles infrage. Einerseits möchte man auf der Seite seines Vaters stehen, andererseits weiß man, dass es falsch ist. Aber Familie ist und bleibt Familie. Ich habe mich sehr verloren gefühlt, vor allem weil ich euch damals den Rücken zugekehrt hatte."

„Zu-zumindest um das muss sich Shadow keine Sorge machen, wir sind auf jeden Fa-Fall an seiner Seite." Ocean sprach bestimmt, um klarzustellen, dass niemand Zweifel haben durfte. Doch das hätte er nicht gebraucht, denn die Crew wusste, sie konnten Arius blind vertrauen, ganz egal, wer sein Vater war.

Nur Arius selbst war davon nicht überzeugt. Er fragte sich, ob das Blut und die Magie, die durch seine Adern flossen – das Blut und die Magie seines Vaters –, ihn nicht eines Tages zu etwas machen würden, das er zutiefst verabscheute. Vielleicht war es nicht nur eine Frage der eigenen Entscheidung, vielleicht konnte man seinem Schicksal nicht entfliehen.

Seine Freunde sprachen währenddessen weiter über den Fluch und die Möglichkeiten, ihn zu brechen.

„Mit Najade an unserer Seite hätten wir sicher eine Chance gehabt. Er hatte diese besonderen mentalen Fähigkeiten, aber so ..." Saria wurde traurig, so wie immer, wenn sie von ihrem gefallenen Freund sprach.

„Vielleicht können wir es mit unserer Telepathie versuchen?" warf Fireeye nachdenklich ein. „Das ist natürlich keine richtige Mental-Magie, aber vielleicht schaffen wir es, ihnen zumindest eine Nachricht zukommen zu lassen."

Tail war unsicher. „Ich weiß nicht, ob es genügt, ihnen zu sagen, dass sie zurück in ihre Körper kehren sollen. Vielleicht müsste man sie eher mental lenken?"

Ocean nickte. „Da-das kann gut sein. A-aber wir haben keine andere Wahl. Vielleicht fu-funktioniert es, wenn eure Telepathie durch die zwei A-Amulette verstärkt wird. Aber wollen wir dieses Risiko überhaupt eingehen?"

„Wie meinst du das?" Saria schaute ihren Kapitän verwundert an.

„W-wir wurden um Hilfe gebeten, aber wir müssen auch an uns denken. We-we-wenn wir versuchen, den Fluch zu brechen, be-begeben wir uns in große Gefahr. Sollte es nicht fu-funktionieren, wird uns das Nordvolk gnadenlos angreifen. Einen Freund haben wir bereits verloren, zwei weitere sind dem T-T-Tod nur knapp von der Schippe gesprungen. Es ist schlimm, wa-was diesem Volk widerfahren ist, aber wir müssen auch an unsere Sicherheit denken."

Ocean sprach inzwischen schon recht gut, das Stottern wurde weniger. So eine lange Ansprache hatte er bisher noch nie gehalten.

Doch das war Saria in dem Moment egal, sie schaute Ocean bloß verständnislos an. „Wir können sie doch nicht einfach im Stich lassen! Und was ist mit dem Amulett? Wollen wir es einfach zurücklassen? Und wo ist das dritte Amulett, wenn es nicht hier ist?"

Ocean überlegte. „Wir sind hierhergekommen, um die A-A-Amulette zu finden. Wir wollten sichergehen, dass so etwas Mä-Mächtiges nicht in falsche Hände gerät, aber wenn L-L-Leif wirklich so ist, wie du ihn einschätzt, dann ist es bei ihm gut aufgehoben. Und dem dritten A-Amulett werden wir auch noch auf die Spur kommen!"

Nun meldete sich auch Feather zu Wort. „Ich habe miterlebt, wie gefährlich es ist, über zu viel Macht zu verfügen. Sie verleitet dazu, sie auch zu missbrauchen. Ich glaube, dass die Amulette dort am besten aufgehoben sind, wo sie ursprünglich herkommen. In den Herzen der Urgewalten."

Plötzlich hörten sie einen Schrei. Erschrocken drehten sie sich um. Der Schrei war aus dem hinteren Teil der Höhle gekommen. Arius!

Schnell rannten sie zu ihrem Freund. Arius saß zusammengekauert auf dem Boden. Er war kreidebleich und zitterte am ganzen Körper.

„Was passiert mit ihm?", fragte Saria panisch und hockte sich zu ihm. Saria sah ihrem Bruder in die Augen. Sein Blick schien ins Leere zu gehen und der Schweiß rann ihm über sein Gesicht. Was sah Arius wohl Furchtbares?

KAPITEL XV

Weit, weit entfernt

Arius war in Gedanken Welten entfernt von der eisigen Höhle und seinen Freunden. Er befand sich wieder in diesem fremden Körper und sah die Welt aus dessen Augen. Er bemerkte, dass er hochgewachsen war, und er schien unruhig. Der Pirat wuschelte sich durch das dunkle Haar und strich sich über seine beige Hose, als wolle er ein seltsames Gefühl abstreifen. Das Gefühl, nicht allein zu sein. Durch die Augen des Piraten sah Arius, wie er sich in die Hand kniff. Es schien eine Geste zu sein, wie um sicherzugehen, dass er nicht träumte. Aber Arius wusste, er war wach, und sicher würde es dem Piraten auch bald klar sein. Der Pirat dürfte nicht verstehen, was da gerade wirklich passierte, aber sicher merkte er, dass etwas anders war.

Vielleicht konnte sich Arius unbemerkt im Leben dieses Piraten umsehen, einfach dessen Blick folgen. Der Pirat atmete tief durch und sein Blick wanderte misstrauisch umher. Er fragte sich wohl, was da vor sich ging. Er wirkte unruhig, vielleicht fragte er sich, wer da in seinen Geist einzudringen versuchte? Der nächste Blick des Piraten fiel auf einen Kalender. Sehr viele Tage waren angekreuzt. Vielleicht suchte dieser Pirat schon lange nach etwas Bestimmtem oder er markierte damit eine Zeitspanne? Irgendwie hatte Arius das Gefühl, dass dieser Pirat sich nicht richtig frei fühlte. Er bewegte sich unruhig auf und ab, fast wie ein eingesperrtes Tier in seinem Käfig.

Das Arbeitszimmer war geräumig und bis an die Decke voller Bücherregale mit magischen Folianten aus allen Jahrhunderten. Auf einem Schreibpult lag ein Exemplar, das er derzeit zu studieren schien. Ein dicker Foliant mit braunem Ledereinband und vergilbten Seiten. Der Tisch selbst war übersät mit abgebrannten Kerzenstummeln und noch brennenden Lichtquellen. Eigentlich waren sie fast nutzlos, denn das Schreibpult stand direkt in einem Erker mit raumhohen Fenstern und die Sonne brannte hell ins Zimmer. Was aber seltsam war, denn laut der Uhr, die ebenfalls auf dem Schreibpult lag, sollte es entweder sechs Uhr abends oder sechs Uhr morgens sein. Arius spürte, dass dem Piraten das Leuchten der Sonne fast unerträglich war. Ob die Sonne an diesem Ort Tag und Nacht schien?

In einem anderen Eck des Arbeitszimmers hatte der Pirat ein Labor eingerichtet. Sein Blick glitt über die Regale. Fläschchen um Fläschchen reihten sich außergewöhnliche Tränke in allen Farben mit seltsamen Namen wie: Obnubilatio Mentis, Verum venenum, Liquidum dolorem; sicher eins gefährlicher als das andere. Arius wollte keinen dieser Zauber näher kennenlernen.

Gedankenversunken schlurfte der Pirat zu seinem Schreibpult und blickte auf das Buch, das aufgeschlagen darauf lag. Er blätterte darin und Arius merkte, wie er zeitgleich etwas an seinem Hals umfasste. Arius wollte unbedingt wissen, was der Pirat mit so viel Hingabe hielt, und hoffte inständig, dass er nach unten blicken würde. Es dauerte, aber schließlich blickte der Pirat hinab. Arius erschrak, denn der Pirat trug ein Amulett. Es musste eins jener

Amulette sein, die sie suchten. Denn es ähnelte dem, das seine Schwester um den Hals hängen hatte.

Der Pirat schien eine neue Idee zu haben, denn mit neuer Motivation eilte er zu den Bücherregalen und suchte nach Büchern. Arius merkte, ihn quälte die Frage, was für eine Verbindung er da spürte, und sicher suchte er auch nach einem Weg, sie für seine Zwecke zu nutzen. Eins ums andere Buch zog der Pirat aus den verstaubten Regalen und türmte sie neben einem Lesesessel auf. Arius spürte, dass der Pirat nach langer Zeit endlich einen Hoffnungsschimmer in sich trug. Und Arius spürte auch, dass dieser Pirat Rache suchte, er schien innerlich vor Hass zu glühen.

KAPITEL XVI

Ein gewagter Plan

„Ich hatte wieder eine Vision. Ich weiß, wo das dritte Amulett ist.“ Arius versuchte, sich zu sammeln, bevor er weitersprach. „Das Amulett, es ist bei ihm. Bei Ashdust, beim dunklen Magier.“

Wenn Ashdust wirklich sein Vater war und auch die Fähigkeiten der Feueraugen hatte, waren diese Visionen sicherlich Gedanken oder Bilder, die er durch Telepathie von ihm erhielt. Zwar waren sie in keiner gemeinsamen Crew, aber vielleicht bestand zwischen Blutsverwandten ein besonderes Band? Es war jedenfalls anders als sein Gedankenaustausch mit Fireeye und Darksoul. Dort kommunizierten sie miteinander, aber bei diesen Visionen war er nur ein Zuschauer. Ob Ashdust wusste, dass Arius seine Gedanken sehen konnte? Oder wollte er vielleicht sogar, dass er sie empfing? Das würde auch erklären, warum er bis vor Kurzem noch keine Visionen hatte. Vielleicht versuchte sein Vater, Kontakt zu ihm aufzunehmen. So viele Fragen und viel zu wenige Antworten.

„Das ändert einiges.“ Darksoul schien aufgebracht. „Jetzt können wir uns nicht mehr einfach aus der Sache raushalten.“

„W-wie meinst du das?“, fragte ihn der Kapitän.

„Wenn alle Amulette in Sicherheit wären, könnten wir uns vielleicht aus allem heraushalten, aber so müssen wir Leif und seinem

Volk helfen. Vielleicht vertrauen sie uns dann ihr Amulett an."

Sarias Augen leuchteten auf. „Ich verstehe! Wir brauchen zumindest zwei Amulette, um uns das dritte zu holen. Denn so ein starker Gegner wird es uns nicht leicht machen. Schließlich ist er Elementarier, Amulettträger und dunkler Magier."

„Ich werde ihnen auf jeden Fall helfen!" Arius schien wild entschlossen. „Wenn dieser Mann wirklich mein Vater ist, dann bin ich es ihnen schuldig."

Saria berührte ihren Bruder behutsam am Arm. „Das ist nicht deine Schuld! Selbst wenn er dein Vater ist, bist nicht du dafür verantwortlich, was er Schlimmes getan hat. Aber in einem gebe ich dir recht: Wir müssen auf jeden Fall helfen."

Ocean schnaufte. „Dann werden wir Leif helfen. Aber wir brauchen einen g-guten Plan. Wie wollen wir es angehen?"

Die Crew-Mitglieder wurden still. Jeder für sich überlegte, wie sie das Nordvolk vom Fluch befreien konnten.

Tail ergriff als Erste das Wort: „Es gibt keine bessere Lösung als Telepathie. Vielleicht klappt es, wenn Shadow, Darksoul und Fireeye gleichzeitig versuchen, mit den Wölfen Kontakt aufzunehmen. Wenn dann noch Saria und Leif ihre Amulette so einsetzen, dass sie ihre Fähigkeiten verstärken, könnte es vielleicht genügen."

Vielleicht, das war ein Wort, das keiner der Freunde gebrauchen konnte. Sie brauchten einen sicheren Plan, aber den schien es nicht zu geben.

Feather kam ein Gedanke in den Kopf. „Aber wie sollen wir die Nordmenschen in Schach halten, wenn genau die drei mit der nötigen Feuerkraft durch die Telepathie abgelenkt sind?"

Ocean kratzte sich am Kinn. „Wir müssen zuerst eine A-A-Art Schutz errichten, der den Angriffen des Nordvolks so lange standhält, bis die Seelenwölfe zurück in ihre Körper gekehrt sind. Saria, könntest du nicht noch einmal deine Wasserkrieger rufen?"

Saria blickte bedrückt zu Boden. „Ich glaube, das schaffe ich nicht. Ich bin noch nicht so geübt darin, die Macht des Amuletts zu leiten … eigentlich weiß ich gar nicht, wie ich das überhaupt geschafft habe. Irgendwie scheint das Amulett manchmal von allein das Richtige zu tun. Aber nur auf Glück können wir nicht setzen."

Darksoul hatte eine andere Idee und blickte zu seiner Zwillingsschwester. „Der Feuerzirkel!"

Fireeye nickte begeistert. „Wir können einen schwebenden, brennen Zirkel um uns herum ziehen. Er brennt weiter, auch wenn wir uns anderen Aufgaben widmen. Normalerweise bleibt er recht lange bestehen, aber auf Eis und mit den zusätzlichen kalten Angriffen wird er sicher nicht lange halten."

„Wie lange?", fragte Saria.

Fireeye überlegte. „Vielleicht drei, vier Minuten, sicher nicht länger als fünf."

Ocean stand auf. „Dann müssen diese wenigen Minuten reichen. Ei-ei-eine andere Möglichkeit haben wir nicht."

Das Mienai hielt sich unweit der Höhle hinter einem Eisvorsprung versteckt. Leider hatte es nicht alles gehört, da die Crew in den hintersten Teil der Höhle verschwunden war. Aber das Wesen hatte genug erfahren, um zu wissen, dass es sie aufhalten musste. Bloß wie? Die Mienai waren zwar wendig und geschickt, ihre Bewegungen waren katzenhaft, aber im Kampf gegen Piraten waren sie nicht sehr geübt. Ihre Stärke lag in der Traumwelt. Vielleicht würde das Mienai diese Nacht in die Träume der Crew eindringen und ihnen so furchtbare Visionen schicken, dass sie es nicht mehr wagen würden, dem Nordvolk entgegenzutreten. Besonders dem einen wollte das Schattenwesen so viel Angst wie möglich machen. Wenn er nur einen Hauch von der dunklen Seele seines Vaters in sich trug, war er eine große Gefahr.

Das Mienai überlegte lange, welche Bilder es den Freunden in die Köpfe setzen könnte. Sie waren alle sehr mutig, aber hatten auch eine Schwäche: Jeder von ihnen fühlte sich für die anderen verantwortlich. Wenn es allen den Tod der jeweils anderen zeigte, würden sie sicher umkehren und nach Hause zurücksegeln.

Doch dazu sollte es nie kommen, denn genau in diesem Moment verließ die Crew ihr Versteck. Sie schlugen den Weg in Richtung Nordvolk ein. Es war zu spät, das Mienai konnte sich nicht mehr in ihre Träume schleichen. Jetzt konnte es nur noch zusehen, was als Nächstes passieren würde.

KAPITEL XVII

Auge in Auge

Auf ihrem Weg waren die Freunde sehr still. Schritt um Schritt näherten sie sich dem Ort, an dem Tails und Feathers Leben am seidenen Faden gehangen hatten und Najade zu Eisscherben zerfallen war. Würde diese unwirkliche Eiswelt nun auch ihr Grab werden?

Saria versuchte, nicht daran zu denken, denn die Trauer würde sie nur von ihrer Aufgabe ablenken. Diese Zeit würde sie sich nehmen, sobald sie wieder ins Meer konnte. Nur mehr wenige Schritte von ihrem Ziel entfernt, umfasste Saria ihr Amulett. Mit leiser Stimme wisperte sie ein paar Worte hinein und schickte so eine Nachricht an Leifs Amulett. Sie war sich sicher, dass er sie verstehen würde.

Die Crew wartete. Die Kälte zog ihnen bis in die Knochen und die Angst ebenso. Wie bereits beim letzten Mal lagen dicke Nebelschwaden über der eisigen Ebene. Deshalb konnte die Crew das Nordvolk auch nicht kommen sehen. Sie mussten sich darauf verlassen, dass ihre Wölfe sie rechtzeitig verraten würden.

Das Mienai war den Freunden gefolgt. Etwas abseits hatte es sich hinter einer Schneewehe versteckt. Allerdings machte es ihm der Nebel schwer zu erkennen, was genau vor sich ging. Doch das Schattenwesen konnte es nicht wagen, näher an die Geschehnisse heranzurücken, es wollte auf keinen Fall entdeckt werden. Würden es diese Piraten schaffen, beide Amulette an sich zu reißen? Bereits ein Amulett verstärkte magische Kräfte enorm, bei zwei hätte das Mienai kaum eine Chance mehr und bei drei … darüber wollte es gar nicht nachdenken.

Aus der Ferne ertönte das schaurige Geheul der Seelenwölfe. Darksoul und Fireeye breiteten ihre Arme aus. Die Flammen auf ihren Händen wuchsen und krochen wie riesige feurige Schlangen zum Boden hinab. Bald schon hatten sie so einen Feuerzirkel rund um die gesamte Crew errichtet. Der Zirkel wuchs an und blitzschnell schoss das Feuer mannshoch in die kalte Luft. Rote Funken tanzten knisternd um den Zirkel herum. Im Inneren des Zirkels war es heiß und stickig und es roch nach Schwefel. Doch sie fühlten sich sicher. Denn bereits die ersten Seelenwölfe, die heranschossen, wandten sich jaulend vom Feuer ab.

Nur wenige Augenblicke später traten die Nordmenschen aus dem Nebel heraus. Auch dieses Mal wirkte es, als würden sie wie aus dem Nichts erscheinen. Allen voran der Hauptmann und sein Sohn Leif. Leif legte seine Hand auf sein Amulett und nickte Saria zu. Er hatte ihre Nachricht erhalten, und er hatte den Plan verstanden.

Einen Moment lang schien die Zeit stillzustehen. Die Freunde blickten gespannt das Nordvolk an. Die Seelenwölfe schwebten mit Abstand rund um den Feuerzirkel herum und die Nordmenschen starrten mit leerem Blick in ihre Richtung. Die Stunde der Wahrheit war gekommen. Gewinnen oder verlieren. Den dunklen Fluch brechen oder sterben.

Plötzlich riss der Hauptmann die Faust in die Höhe und unter lautem Gebrüll begann der Angriff des Nordvolks. Ein Eisstrahl nach dem anderen prallte am Feuerzirkel ab. Er hielt den Angriffen stand, noch. Deshalb mussten sich die Freunde beeilen. Arius, Darksoul und Fireeye stellten sich nebeneinander und konzentrierten sich auf die Wölfe. Leif legte seine Hand um sein Amulett und schloss die Augen.

Saria machte es ihm nach. Sie konzentrierte sich und sprach mit leisen Worten: „Bitte hilf ihnen. Sie brauchen deine Macht." Saria spürte, wie eine Kraft aus dem Amulett in Richtung ihrer Freunde strahlte. Die Macht, die davon ausging, war beeindruckend. Die Luft war erfüllt von magischen Partikeln, die Saria an den Händen kribbelten. Nun lag es an ihnen.

Darksoul und Fireeye konnten bereits eine Verbindung zu den Wölfen herstellen, als sie die Kraft des Amuletts spürten. Und auf einmal schien ihnen die Verbindung klarer als jemals zuvor eine Gedankenübertragung. Arius hingegen hatte trotz der Hilfe des Amuletts Schwierigkeiten, sich auf die Wölfe zu konzentrieren. Immer wieder tauchten andere Bilder vor seinem inneren Auge auf. Mit aller Kraft versuchte er, das Bild der Wölfe zu halten, aber stattdessen tauchte ständig diese andere Welt vor ihm auf. Sie wirkte ganz anders als alles, das er gesehen hatte. Hell, goldig, irgendwie unwirklich. War es die Welt seines Vaters? War Ashdust wirklich sein Vater? Wie viel von ihm steckte in ihm selbst? Seine innere Zerrissenheit lenkte ihn zu sehr von seiner Mission ab.

Der Feuerzirkel wurde indes immer schwächer. Stand das Feuer vor Kurzem noch mannshoch, reichte es jetzt nur noch bis zu den Knien. Ein erster Angriff durchbrach den Zirkel. Gerade noch rechtzeitig schaffte es Ocean, ihn abzuwehren. Vorab hatten sie dafür extra Eis geschmolzen und in Kübeln mit Fellen warm gehalten, damit es nicht wieder einfror. Ocean formte daraus Wasserbälle, die er den Eisstrahlen entgegensetzte, während Feather versuchte, die Strahlen durch Flügelschläge zurückzuschleudern. Es waren keine richtigen Gegenangriffe, es war nur ein verzweifelter Versuch, sie abzuschwächen, um nicht vereist zu werden.

„Feuerbeschwörer, ihr müsst euch beeilen, der Kreis hält nicht mehr lange!" Saria versuchte, ihre Freunde zu motivieren.

Darksoul und Fireeye hatten bereits alles versucht. Sie hatten die Wölfe gebeten, zurück in ihre Körper zu kehren, sie hatten versucht, ihnen zu drohen, und waren nun beim Betteln angekommen. Aber

die Wölfe wollten nicht auf sie hören. Vielleicht lag es daran, dass es keine richtigen Wölfe waren, sondern Seelen in Geisterform.

Arius hingegen war komplett abgedriftet. Anstatt mit den Wölfen zu kommunizieren, war er in Ashdusts Welt unterwegs. Ashdust murmelte Wörter, die er aus einem Buch las. Dunkle Wörter, schwarze Magie! Arius konnte nur durch die Gedanken spüren, wie machtvoll sie war. Plötzlich sah er wie durch die Augen von Ashdust das Buch. Es war ein sehr altes Buch, die Seiten waren vergilbt und die Schrift schon etwas verblasst, aber er konnte lesen, was dort stand: Seelenteilung. Es war der Spruch, den sein angeblicher Vater benutzt hatte, um dem Nordvolk den Fluch aufzuerlegen. Die nächsten Worte ließen ihn erschaudern: Dieser Fluch

eignet sich besonders gut, um jemanden zu einer willenlosen Bestie zu machen. Durch das Trennen der Seele von ihrem Körper erschafft man ein gefühlloses Wesen ohne Skrupel und Moral. Der Spruch muss mit viel Hingabe gesprochen werden und immer nur ein Mensch kann damit belegt werden. Nur durch einen Kräftemehrer kann der Fluch auf mehrere Menschen gleichzeitig angewandt werden.

Aber eine Sache fiel ihm besonders ins Auge. Ein kleiner Satz am Ende: Will man diesen Fluch wieder von seinem Opfer nehmen, muss man die Worte rückwärts sprechen. Doch auch hier heißt es: Alles hat seinen Preis. Dafür, dass du deinem Opfer den Fluch abnimmst, wird ein anderes Leben genommen werden.

Ein furchtbarer Preis! Arius schüttelte sich. Nein! Vielleicht war er der Sohn eines dunklen Magiers, aber er konnte immer noch selbst über seine Handlungen entscheiden. Er würde kein Leben opfern!

„Nein!“ Tails Schrei riss alle Feuerbeschwörer aus ihrer Konzentration. Noch benommen sahen sie sich um. Der Feuerzirkel war erloschen. Ihr Plan war gescheitert.

KAPITEL XVIII

Eine unerwartete Hilfe

Den Freunden blieb nicht viel Zeit, sich einen neuen Plan auszudenken, denn das Nordvolk feuerte erbarmungslos mit harten Eisstrahlen auf sie. Da Arius, Fireeye und Darksoul nicht mehr versuchten, mit den Wölfen zu kommunizieren, konnten sie sich den Angriffen entgegenstellen. Die Crew wusste aber, dass sie das nicht lange durchhalten würden.

„Bleibt zusammen! Keiner bricht aus der F-Formation aus, auch nicht du, Feather. In der L-L-Luft bist du eine zu leichte Beute." Ocean versuchte die Situation irgendwie in Griff zu bekommen. Aber mit jeder Minute, die verstrich, ließen die Kräfte der Freunde nach. Ein paar mächtige Feuerbälle schafften sie noch abzufeuern, dann fiel einer nach dem anderen erschöpft auf die Knie.

Dem Mienai stockte der Atem. Es konnte kaum mitansehen, was nun passieren würde. Aber es war nicht seine Aufgabe, den Piraten zu helfen. Was hätte es auch schon machen sollen? Und trotzdem. Auch wenn diese Crew eine Gefahr für die Amulette war, wollte er nicht, dass sie einen so grausamen Tod erlitten. Krampfhaft überlegte das Wesen, ob es eine Lösung gab, aber es wollte ihm keine einfallen.

Die Situation der Freunde spitzte sich zu. Das Nordvolk mit seinen Wölfen zog einen immer engeren Kreis um die entkräftete Gruppe. Leif starrte entsetzt zu Saria und ihren Freunden. Was sollte er tun? Er hatte nicht die Kraft, sie zu retten, aber sie sollten auch nicht ihretwegen sterben. Die Crew-Mitglieder blickten sich gegenseitig an. Nun war es so weit, sie würden diese eisige Ebene nicht mehr verlassen.

Der Anführer der Eisriesen schloss die Augen und drehte die Hände nach oben. Die Freunde wussten, was das bedeutete, er würde sie jetzt alle zu Eis verwandeln. Ein seltsames Gefühl zu wissen, dass das Ende nah war.

Doch da ertönte ein eigenartiges Geräusch ganz in ihrer Nähe. Es war ein Klirren und Scheppern, wie Eisstücke, die aneinander schrappten. Der Nordmann hielt inne. Die Freunde und selbst die Seelenwölfe schauten sich irritiert um. Was war das? Wo kam es her?

Auf einmal schoss ein blaues Licht in den Himmel. Es war zuerst ganz hell, dann wurde es schwächer und man konnte erste Umrisse erkennen. Zunächst waren es nur abstrakte Formen, schließlich erkannte man eine Art Vogel. Das Ding kam näher und näher und bei jedem Flügelschlag flogen Tausende glitzernde Tropfen durch die Luft. Der Himmel schien wie magisch geladen von der Kraft, die aus dem Geschöpf strömte.

Saria riss die Augen auf. „Najade!“

Wie konnte das sein? Najade war schon seit Tagen tot.

Doch der Oceanix schwebte direkt über ihr. Er wirkte lebendiger und stärker als je zuvor.

Najade nickte ihr zu. „Du musst mir jetzt helfen, ich brauche die Macht des Amuletts. Schnell, bevor sich die Angreifer wieder besinnen."

Saria verstand sofort. Mit letzter Kraft umschloss sie das Amulett des ewigen Meeres und schickte seine Macht in Najades Richtung. Wie zuvor konnte Saria die Magie regelrecht greifen, die wie ein Strahl auf ihren Freund zuschoss. Ein energiegeladenes Licht flammte auf, als der Strahl den Oceanix traf. Der Wasservogel leuchtete vor Kraft und strotzte vor Macht. Najade schloss die Augen, um sich zu konzentrieren, und plötzlich starrten alle Wölfe wie gebannt nur noch zu Najade. Den Freunden und auch dem Nordvolk war es, als würde die Zeit stehen bleiben. Als wäre kein Geräusch mehr zu hören, nicht mal ein Windhauch schien zu wehen.

Dann erloschen die leuchtenden Augen der Wölfe, sie heulten ein letztes Mal auf, und einer nach dem andern schlüpfte in die Körper der Nordmenschen zurück. Der Wolf des Anführers machte den Anfang. Kaum dass er in seinen Körper eindrang, entwich dem Nordmann ein Urschrei und das Schwarz in seinen Augen verschwand. Nun hatte er dieselbe kristallblaue Augenfarbe wie Leif. Einer nach dem anderen wurden die Bestien zu Menschen. Erschöpft stützen sie sich auf ihren Knien ab und schüttelten dabei ungläubig die Köpfe. Sie wirkten entkräftet und ausgezehrt. Wie nach einer langen Reise schienen sie erst richtig ankommen zu müssen. Bei manchen blitzten sogar Tränen der Erlösung auf.

„Vater!", rief Leif und umarmte den Häuptling.

Najade hatte es tatsächlich geschafft, der Fluch war gebrochen. Als wäre nie etwas gewesen, setzte sich der Oceanix auf Sarias Schulter.

„Wie hast du das alles geschafft? Und wieso bist du nicht tot?“, platzte es aus Saria hervor.

Najade fuhr sich mit dem Flügel über den Schnabel. „Ich bin doch ein Oceanix. Ich sterbe zwar, aber deshalb bin ich noch lange nicht tot. Aus den vielen Tröpfchen oder in diesem Fall aus den vielen Eisstückchen entsteht eine neue, bessere Version von mir. Es fügt sich alles wieder zusammen.“

„Wow …“, hauchte Saria sprachlos. Doch eine Frage blieb: „Woher wusstest du, was du tun musst?“

Najade legte den Kopf zur Seite. „Wir zwei sind doch in Gedanken verbunden. Und da ich nie richtig tot war, sondern nur noch nicht wiederauferstanden, wusste ich von eurem Plan. Du hast immer wieder mit mir gesprochen, auch wenn es dir vielleicht gar nicht bewusst war.“

Saria fühlte sich, als fiele eine zentnerschwere Last von ihr ab. Die Trauer, der Druck der letzten Tage hatte endlich nachgelassen. Sie war so unendlich glücklich. Nicht nur ihr Freund war wieder zurück, auch der dunkle Fluch war gebrochen. Najade, erst jetzt wurde ihr klar, wie stark ihre Bindung zu dem Oceanix war. Ihn wohlbehalten zurückzuhaben, bedeutete ihr so viel.

Der Anführer des Nordvolks half der Crew wieder auf die Beine. „Ich weiß gar nicht, wie ich euch danken soll. Es tut uns unendlich leid, dass ihr durch unser Zutun so viel Schlimmes durchleben musstet.“

Ocean reichte ihm die Hand. „Es war nicht eure Schuld. Wir sind froh, dass wir eu-eu-euch helfen konnten.“

Man merkte dem Nordvolk an, dass sie noch nicht ganz bei

Kräften waren. Sicher mussten sie selbst all das Geschehene erst einmal verarbeiten.

Leif trat zu seinem Vater, der ihm liebevoll auf die Schulter klopfte. „Du bist groß geworden, Sohn!“ Leif wusste gar nicht, was er antworten sollte. Er war zwar immer bei seinen Leuten gewesen, aber dieser bösartige Nordmann war nie wirklich sein Vater gewesen. Aber wie musste es für seinen Vater sein, ihn nach so langer Zeit endlich wieder sprechen und berühren zu können?

Leif ging direkt zu Saria. „Ich wusste, dass ich dir vertrauen kann. Ich bin euch so unendlich dankbar. Ihr habt so einiges bei mir gut.“

Das kam wie gerufen, denn schon bald würden sie ihn um sein Amulett bitten müssen. Aber nicht sofort, denn das Nordvolk wollte die Crew zu einem Fest einladen. Sie wollten zusammen ihre Erlösung feiern.

Das Mienai starrte mit gemischten Gefühlen auf das friedliche Bild. Einerseits war es froh, dass es allen gut ging, aber andererseits waren sich die beiden Amulette und ihre Träger nun noch näher als zuvor.

KAPITEL XIX

Die verlorene Stimme

Das Nordvolk verstand sich aufs Feiern. Mitten auf ihrem Lagerplatz prasselte ein riesiges Feuer. Es roch nach gebratenem Fisch, der an langen Stöcken vor sich hin brutzelte. Es gab Musik und viel Gelächter, es wurde gescherzt und getanzt. Die Nordmenschen waren zwar immer noch beeindruckend groß und breit gebaut, aber nun, da sie die Kälte in ihren Augen verloren hatten, wirkten sie mehr wie sanfte Riesen. Die Freunde unterhielten sich so ausgelassen wie schon seit Langem nicht mehr. Für ein paar Stunden vergaßen sie alle Sorgen und genossen es einfach, am Leben zu sein.

Nachdem sie ausgiebig gegessen und getrunken hatten, zog sich die Crew zusammen mit Leif an den Rand der Geschehnisse zurück.

„Ihr könnt euch gar nicht vorstellen, wie glücklich ich bin!“ Leif strahlte über das ganze Gesicht. „Wer weiß, ob wir ohne eure Hilfe den Fluch je hätten brechen können.“

Saria legte ihm die Hand auf den Arm. „Wir sind froh, dass ihr nun wieder in Frieden leben könnt. Aber es ist vor allem Najades Verdienst.“

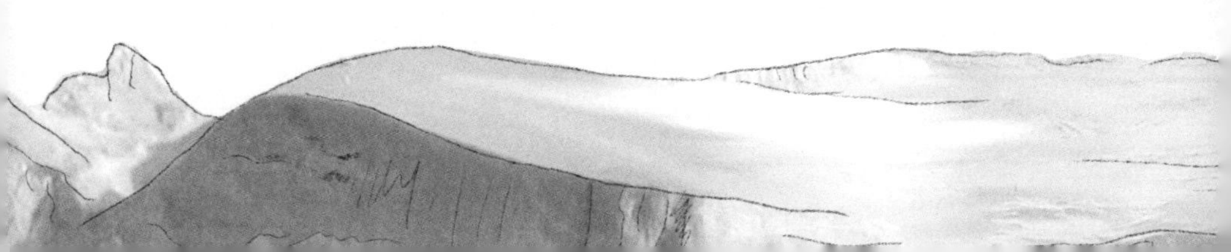

Leif betrachtete den Oceanix mit schräg gelegtem Kopf. „Wirklich ein beeindruckendes Tier. Aber wusstest du nicht, dass er wiederkehren würde?“

Saria schüttelte den Kopf. „Ich dachte wirklich, er wäre tot, auch wenn ich so ein seltsames Gefühl der Verbundenheit hatte. Aber anscheinend ist ein Oceanix nicht so leicht unterzukriegen. Ohne ihn hätte alles ein ganz anderes Ende genommen.“

Najade rieb liebevoll seinen Kopf an Sarias Haar.

Ein bisschen sprachen sie noch über die Schlacht und den Fluch, bis schließlich Ocean eine Frage durch den Kopf ging. „L-Leif, weißt du eigentlich noch mehr über diesen Ashdust? Wa-war er noch in andere Vorkommnisse verwickelt?“

Leif schaute Ocean besorgt an. „Du stotterst ja! Ist dir kalt? Soll ich dir eine Felldecke bringen?“

Saria grinste. „Dem ist nicht kalt. Unser Kapitän hat nur noch ein paar Startschwierigkeiten beim Sprechen.“ Sie zwinkerte Ocean zu.

Leif schien verwirrt. „Wie meinst du das?“

„I-ich weiß auch nicht genau, was passiert ist, aber nach sechzehn Jahren Stummheit k-kann ich plötzlich sprechen.“ Ocean schaute zu Saria.

„Wir glauben, dass die Amulette etwas damit zu tun haben, aber richtig verstehen tun wir es auch nicht."

Leif überlegte einen Moment. Plötzlich schien ihm ein Licht aufzugehen. „Mir fällt da was ein! Ich habe mal mitbekommen, wie Ashdust vor meinem Vater mit seinen vergangenen Taten geprahlt hat. Natürlich habe ich damals nicht alles verstanden, dafür war ich noch zu klein, aber eine Geschichte ist mir im Kopf geblieben. Er erzählte von einem Wellenwanderer, der sich ihm in den Weg stellen wollte. Also hat er ihn mithilfe von dunkler Magie und einem Stummheitsfluch mundtot gemacht."

Ocean wirkte verwirrt. „A-aber was hat das mit mir zu tun?"

Leif wirkte aufgeregt. „Na, du bist doch auch ein Wellenwanderer und der Fluch, den Ashdust dem anderen Wellenwanderer auferlegt hat, galt auch für alle seine Nachfolger."

Ocean starrte ihn fassungslos an.

„Das muss es sein!", rief Tail aufgeregt. „Du warst stumm und dein Vater auch, oder?"

Ocean nickte.

„Aber das ergibt doch keinen Sinn, dein Vater hätte doch Zettel schreiben können, so wie du es immer getan hast." Wie immer ging Arius die Fakten durch.

„N-n-nein, früher war das anders. Mein Vater kann gar nicht schreiben. Für ihn ist seine Stummheit ein großes Problem." Was Ocean da erzählte, erklärte einiges.

Leif aber gingen andere Gedanken durch den Kopf. „Wenn du also auch dem dunklen Fluch erlegen warst, wie konntet ihr ihn dann brechen?"

„Wie gesagt g-g-glauben wir, dass es etwas mit den A-Amuletten auf sich hat. M-mich hat ein Strahl getroffen, der eigentlich für Feather gedacht war. V-v-vielleicht hat dieser den Fluch gebrochen." Ocean war wirklich dankbar, sprechen zu können, aber noch hatte er sich nicht ganz daran gewöhnt. Es ermüdete ihn noch.

Leif nickte und griff an sein Amulett. „Dann sind diese Amulette noch mächtiger, als ich immer gedacht habe. Wenn sie es sogar schaffen, dunkle Flüche zu brechen … Aber wie sollen wir diese Macht richtig einsetzen?"

An der Stelle ergriff Arius das Wort: „Nur eins der Rätsel, die es noch zu lösen gilt."

„Wie meinst du das?", fragte ihn Leif.

„Wir wissen, wer das dritte Amulett hat, aber wir wissen nicht, wo es ist. Wir müssen es ihm unbedingt entreißen, um Schlimmeres zu vermeiden."

„Willst du damit sagen, dass er es noch hat? Ashdust?" Leif war erschrocken. Das durfte nicht sein!

„Ja, wenn man meinen Visionen trauen kann, dann hat der dunkle Magier noch ein Amulett."

Nur wenige Schritte entfernt erschrak noch jemand, das Mienai. Wie konnte es sein, dass dieser dunkle Magier noch ein Amulett besaß? Sie hatten ihm doch alle drei abgenommen und so weit wie möglich voneinander versteckt. Oder war das seinem Vorgänger etwa nicht richtig gelungen? War er deshalb nicht mehr zurückgekehrt? Der Stamm der Mienai war davon ausgegangen, dass seine Mission erfüllt worden war. Nach so einer Mission war es üblich, dass ein Mienai sein Amt weitergab, deshalb hatte sich niemand gewundert, dass sein Vorgänger nicht zurückgekehrt war. Wenn es Schwierigkeiten gab, holten sich die Mienai Hilfe bei ihrem Volk, aber so ein Hilferuf hatte sie niemals erreicht. War sein Vorgänger der Überzeugung gewesen, es allein zu schaffen? Würde dem Mienai selbst nun auch sein Stolz zum Verhängnis werden, wenn es weiter versuchte, die Amulette allein zu beschützen? Was sollte das Schattenwesen bloß tun?

Saria wandte sich an Leif: „Deshalb brauchen wir deine Hilfe. Wir müssen uns Ashdust entgegenstellen und ihm das Amulett wegnehmen."

Saria machte eine Pause. Sie wusste, sie würde nun viel von ihrem neuen Freund verlangen. „Dafür brauchen wir dein Amulett. Wenn dieser Ashdust Elementarier ist und dunkle Magie benutzt, die noch durch ein Amulett verstärkt wird, haben wir keine Chance. Wenn wir aber zwei Amulette hätten, dann …"

„Dann könntet ihr ihn vielleicht schlagen", beendete Leif ihren Satz. Beschützend umschloss er sein Amulett. Man sah ihm an, dass er innerlich mit sich kämpfte. Natürlich wollte er den Piraten helfen und er wollte gewiss, dass diesem Ashdust das Amulett weggenommen wurde. Aber seinen wertvollsten Schatz weggeben, das wollte er auf keinen Fall.

Dem Mienai wurde heiß und kalt zugleich. Das war die Frage, die sie auf gar keinen Fall hätte stellen sollen. Wie sollte es nun vorgehen? Natürlich musste der dunkle Magier aufgehalten werden, aber nicht so.

Leif fühlte sich in die Ecke getrieben. Konnte er diesen Piraten wirklich und wahrhaftig trauen? Ja, sie hatten ihnen geholfen, aber Leif musste auch an den Traum denken, in dem Saria alle Nordmenschen getötet hatte. Aber er konnte sich auch nicht selbst auf die Suche nach Ashdust machen. Das Nordvolk verließ niemals seine Insel und auch Leif wollte gerade jetzt, wo sich alles zum Guten gewendet hatte, nicht von Fimbulwinter weg. Zudem war sein Volk noch geschwächt und als Häuptlingssohn war er verpflichtet, dafür zu sorgen, dass das Stammesleben wieder seinen geregelten Ablauf bekam.

„Ich kann euch noch keine Antwort geben. Ich muss eine Nacht darüber nachdenken. Wir sind euch wirklich von Herzen dankbar für das, was ihr für uns getan habt, aber dieses Amulett gehört hierher und ich will es eigentlich nicht hergeben. Aber sollte es wirklich keinen anderen Weg geben, werde ich es wohl müssen."

Die Crew nickte und Leif wollte aufstehen, um sich in seine Behausung zurückzuziehen. In diesem Moment hörten sie eine Stimme aus der Dunkelheit: „Halt, nicht!"

KAPITEL XX

Ein bekanntes Gesicht

Wie ein Schatten kam eine Silhouette auf die Freunde zu. Schnell standen alle auf und machten sich für einen Kampf bereit. Der Schatten aber hob abwehrend seine Hände.

Ocean machte einen Schritt nach vorne. „W-wer bist du? Was willst du hier?"

Das unbekannte Wesen trat einen weiteren Schritt nach vorne. Es schien ein Mensch zu sein, komplett in seltsame Kleidung gehüllt, selbst der Kopf und das Gesicht waren verhüllt, nur die Augen noch zu sehen. Die Kleidung schien in einem Moment der Kleidung der Wellenwanderer und im anderen der Kleidung anderer Völker zu gleichen. Die Freunde waren verwirrt, so etwas hatten sie noch nie gesehen.

„Sag schon, was willst du hier?" Arius wurde ungeduldig.

„Ich bin ein Mienai. Ein Hüter der Amulette. Ich komme, um die Amulette dorthin zurückzubringen, wo sie hingehören", ertönte eine unerwartet helle und fast zerbrechliche Stimme.

Arius stellte sich schützend vor seine Schwester. „Du wirst hier gar nichts mitnehmen. Wir schützen unsere Amulette selbst."

Das Mienai klang verzweifelt. „Nein, bitte, ihr dürft sie nicht behalten. Und ihr dürft sie erst recht nicht in die Nähe dieses dunklen Magiers bringen. Ihr müsst sie mir geben."

Arius sprach mit entschlossener Stimme: „Auf keinen Fall. Wir kennen dich gar nicht. Was, wenn du selbst zu Ashdust gehörst?"

Das Mienai ließ seinen Kopf hängen. Seine Mission schien zu scheitern. Was konnte das Wesen jetzt noch tun? Es blieb ihm nur noch eine Möglichkeit, es musste ihr Vertrauen gewinnen. Das Mienai kam noch einen Schritt näher und fasste sich an seine Kapuze. Nun folgte ein schwerer Schritt. Mit einer schnellen Bewegung entfernte es sich Kopf- und Gesichtsschutz und ließ seine Tarnung fallen. Das erste Mal in seinem Leben zeigte es sich vor anderen Piraten.

Ein erstauntes Raunen ging durch die Runde. Denn unter der Kapuze kam ein Mädchen, vielleicht ein, zwei Jahre älter als die Freunde selbst, zum Vorschein. Es hatte porzellanartige Haut und einen weißen Haarzopf, den es streng nach hinten gebunden hatte. Seine Augen waren mandelförmig und hellgrau. Es wirkte wie nicht von dieser Welt, fast wie ein Traum.

Feather japste erstaunt auf. „Hurrikan!"

Das Mädchen gab sich geschlagen. „Eigentlich Jingu. Hurrikan war nur mein Deckname, als ich mich bei den Windisch versteckt hatte."

Nun erinnerten sich auch die anderen an Hurrikan. Das Mädchen, das sich als Kapitänin der Liberty ausgegeben hatte. Sie hatten es getroffen, als sie auf dem Weg nach Calvaria gewesen waren. Nur Fireeye, Darksoul und Tail verstanden nicht, was die anderen damit meinten. Sie waren damals bei ihrem Zusammentreffen auf dem Weg zur Versunkenen Bibliothek gewesen. Ihre Freunde erzählten ihnen kurz von ihrer Begegnung und dass sie sich schon gewundert hatten, dass die Liberty nun so eine junge Kapitänin hatte.

Feather musterte sie durchdringend. „Was ist ein Mienai und wie hast du es geschafft, dich bei meinem Volk einzuschleichen?"

Jingu atmete tief durch. Sie wusste, jetzt war es an der Zeit, einen neuen Kurs einzuschlagen. Für Geheimnisse war es zu spät. „Das ist eine längere Geschichte. Vielleicht können wir uns alle setzen und ich erzähle euch, was ihr wissen wollt."

Die Crew blickte zu Ocean und der nickte. Also setzten sich alle wieder hin. Die Atmosphäre blieb angespannt, denn so richtig wollte noch niemand diesem seltsamen Mädchen glauben.

Jingu nahm ihnen gegenüber Platz. Sie setzte sich kerzengerade im Schneidersitz hin und wirkte nachdenklich. Als würde sie über jedes Wort nachdenken, bevor sie es aussprach. „Die Mienai sind ein uraltes Volk. Wir leben im Verborgenen und zeigen uns eigentlich nicht. Zumindest nie als wir selbst. Ich weiß, ich sehe fast so aus wie ihr, aber ich bin kein Mensch. Mienai sind Schattenwesen, still, unsichtbar und anpassungsfähig. Dass ich jetzt hier sitze, passiert nur, weil ich keinen anderen Ausweg gesehen habe. Als Hurrikan habe ich mich euch nur gezeigt, da ich wusste, ihr würdet nie darauf kommen, dass ich keine

Windisch bin. Unser Volk ist alt. Solange es die Amulette gibt, solange gibt es auch Mienai. Immer einer, der Beste seiner Zeit, hat die Aufgabe, die Amulette zu beschützen. Leider ist es mir nicht gelungen."

Saria schaute Jingu nachdenklich an. „Was ist ein Schattenwesen? Und warst es dann auch du, die die Amulette an Ashdust verloren hat?"

Jingu hob abwehrend die Hände. „Nein! Und bis gerade eben dachten wir auch, dass keines mehr in Händen des dunklen Magiers ist. Das ist eine Katastrophe! Aber zu deiner anderen Frage: Schattenwesen unterscheiden sich äußerlich nur wenig von Menschen, du kannst sie eigentlich nur daran erkennen, dass sie keinen Schatten werfen."

Verwundert blickten die Freunde hinter das Mienai und tatsächlich war dort kein Schatten zu sehen. Da sie ja rund um ein Feuer saßen, warfen sie selbst trotz der späten Stunde beachtliche Schatten.

Feather nahm das Gespräch wieder auf: „Und was war mit meinem Volk?"

Jingu fühlte sich wie vor Gericht, trotzdem beantwortete sie geduldig die Fragen. „Ich habe mich aufs Schiff geschlichen. Wir Mienai können uns dank unserer Drachenhaut-Kleidung sehr gut anpassen."

„Drachenhaut?!", entfuhr es den Freunden.

„Ja, Drachenhaut. Ein sehr seltenes Material, aber unabdingbar, wenn man nicht auffallen will."

Anstatt es zu erklären, konzentrierte sich Jingu auf Arius und schon trug sie die Kleidung der Trockenländer, anschließend konzentrierte sie sich auf Tail und ihre Kleidung wechselte zu jener der Aquaticus.

Die Freunde staunten. So etwas hatten sie noch nie gesehen. Das erklärte, wie Jingu auf die Liberty gekommen war, aber bestimmt nicht, wie sie zur Kapitänin geworden war.

„Da muss ich noch etwas ausholen." Jingu wollte es nicht absichtlich spannend machen, aber wenn sie schon alles verraten musste, dann zumindest in richtiger Reihenfolge. „Als ich ausgesandt wurde, die Amulette zu beschützen, wurde mir mitgeteilt, dass sie sich nicht mehr an ihren ursprünglichen Plätzen befanden. Ich begab mich mit der Liberty nach Aquasia, um in der Versunkenen Bibliothek Nachforschungen anzustellen. Dort fand ich diese Bücher über die Amulette und konnte eines entwenden, bevor ihr aufgetaucht seid."

„Das fehlende Buch!" Fireeye erinnerte sich daran.

Jingu fuhr fort: „Ja, es war ein Wunder, dass ich vor euch in der Bibliothek war, obwohl ich einen kurzen Besuch auf der Elementia abgehalten hatte. Zum Glück fliegt die Liberty schneller, als ihr schwimmen könnt. Dort habe ich auch erfahren, dass ihr auf der Suche nach den Amuletten seid, und seitdem habe ich euch nicht mehr aus den Augen gelassen. Auch wenn ich noch herausfinden musste, dass ihr zu den Elementaren Sieben gehört."

Feather schien nicht zufrieden. „Du weichst meiner Frage aus! Wie hast du es geschafft, Kapitänin zu werden?"

„Du lässt nicht locker, was?" Jingu musste sich geschlagen geben. Gerne hätte sie zumindest dieses eine Geheimnis für sich behalten. „Eigentlich wisst ihr schon viel zu viel. Meine Sippe wird mich dafür sicher nicht gerade mit offenen Armen empfangen. Aber da ihr mir vertrauen müsst, will ich euch noch mein größtes Geheimnis verraten. Die Mienai beherrschen die Kunst der Traumreisen. Wir können euch in euren Träumen besuchen. Und wir können euch durch eure Träume beeinflussen. So auch die Windisch. Ich habe ihnen eingeredet, dass es eine gute Idee wäre, mich zur Kapitänin zu machen, und auch von den Zielen, die sie anfahren sollten, ließ ich sie träumen. So dachten sie immer, es wären ihre eigenen Ideen gewesen, und ich konnte euch die ganze Zeit folgen."

Saria staunte. „Unglaublich! Warst du denn auch in unseren Träumen?"

Die Mienai nickte. „Deshalb wusste ich auch so viel über euch. Auch über dich", sie zeigte auf Arius, „dich und deinen Vater."

Arius erschrak, aber Saria antwortete an seiner Stelle: „Wer oder was Ashdust ist, hat nichts mit Arius zu tun. Er ist der beste und verlässlichste Pirat, den ich kenne."

Arius war seiner Schwester für diese Worte dankbar, auch wenn er sich selbst gerade nicht so fühlte. Auch zu wissen, dass sie in ihren Träumen Besuch hatten, war seltsam. Träume waren etwas ganz Persönliches und niemand sollte darin umherspazieren.

Jingu hatte sich geöffnet. Sie hatte sich über die Gesetze der Mienai hinweggesetzt und ihre Geschichte den Freunden erzählt. Hoffentlich wussten diese Piraten das zu schätzen. Aber würden sie ihr nun auch die Amulette zurückgeben?

KAPITEL XXI

Verbündete

Lange Zeit saß die eigentümliche Gruppe schweigend da. Jeder für sich dachte über das Gesagte und Geschehene nach. Jingu wusste, es wurde nun Zeit, ihrer Aufgabe nachzukommen. „Ich muss euch jetzt um eure Amulette bitten. Es ist an der Zeit, dass sie dorthin zurückgebracht werden, wo sie in Sicherheit sind."

„Nein!" Arius legte schützend einen Arm um Saria. „Wir können dir die Amulette nicht geben."

Jingu sprang verzweifelt auf. „Aber das müsst ihr! Es ist meine Lebensaufgabe, die Amulette zu schützen. Ob ihr es wollt oder nicht! Ich will ehrlich sein: Hätte ich euch in euren Träumen dazu bringen können, mir die Amulette zu geben, dann hätte ich es getan. Aber ihre Macht ist so stark. Sie verhindern, dass ich euch dazu bringe, sie wegzugeben. Deshalb müsst ihr sie mir freiwillig geben."

Nun stand auch Arius auf. „Nein. Wir brauchen die Amulette. Nur so können wir Ashdust seines entreißen. Wie sollen wir es sonst schaffen?" Jingu und Arius standen sich mit blitzenden Augen gegenüber. Sie starrten sich finster an und keiner der beiden wollte nachgeben. Es war fast, als würde ein Knistern in der Luft liegen.

Ocean versuchte zu vermitteln. „Jetzt beruhigen w-wir uns alle wieder. So kommen wir auch zu keiner Lösung."

Einen Augenblick lang schauten sich Jingu und Arius noch böse an, dann setzten sie sich wieder.

„Aber wie sollen wir das Problem lösen?“ Tail schaute zwischen den beiden hin und her.

Saria hatte in der Zwischenzeit fieberhaft überlegt, was zu tun war, ein Gedanke hatte sich dabei herauskristallisiert. „Jingu, wir haben den größten Respekt vor deiner Aufgabe und wir sind uns bewusst, wie wichtig sie ist. Aber auch unsere Aufgabe ist sehr wichtig. Am Ende wollen wir doch dasselbe, nämlich, dass Ashdust keins der Amulette besitzt. Und wie es scheint, ist es eurem Volk nicht gelungen, ihm das dritte Amulett wegzunehmen, also vielleicht brauchst du uns ja auch.“

Jingu atmete tief durch. „Das wäre möglich. Aber wir haben nicht das gleiche Ziel. Ja, wir wollen alle, dass diesem dunklen Magier das Amulett entrissen wird, aber ich will auch, dass die Amulette wieder dorthin zurückgebracht werden, wo sie hingehören.“

„Und wenn wir dir versprechen, die Amulette zu dir zurückzubringen, sobald wir Ashdust besiegt haben?“, fragte Saria.

Die Mienai schüttelte den Kopf. „Nein, das kann ich nicht erlauben. Das Erbe muss beschützt werden. Wer sagt mir, dass ihr euer Wort haltet, und wer weiß, was passiert, wenn ihr alle drei Amulette in Händen haltet? Ich kann euch einfach nicht trauen. Die Macht dieser Amulette ist zu verführerisch.“

„Aber was dann?“ Saria schaute zu ihren Freunden, aber keiner schien eine Idee zu haben.

Plötzlich stand Leif auf. Er ging auf die Mienai zu und blickte ihr in die Augen. „Dann gibt es nur eine Lösung.“ Mit diesem Satz nahm er sein Amulett ab und legte es Jingu um den Hals.

„Was? Halt!“ Arius verstand nicht, was Leif da tat. Nahm er ihnen jetzt ihre letzte Hoffnung? War er doch nicht auf ihrer Seite?

Leif aber beruhigte ihn. „Damit ihr euer Vorhaben ausführen könnt und Jingu sicher sein kann, dass die Amulette nicht in falsche Hände fallen, muss sie mit euch gehen.“

Die Mienai stutze. „Wie meinst du das?“

Leif erklärte ihnen seine Idee. „Ihr braucht beide Amulette, damit ihr Ashdust entgegentreten könnt. Wenn Jingu mit euch kommt und ihr eine Einheit bildet, kann sie auf die Amulette aufpassen und eins selbst tragen. So hat niemand mehr als eins und sie kann sichergehen, dass die Amulette wieder zurück an ihren ursprünglichen Platz kommen, sobald die Mission erfüllt ist. Und am Ende würde sie euch ja sowieso folgen.“

Arius sprang empört auf. „Wie kannst du ihr einfach so vertrauen? Vielleicht hat sie dich auch in deinen Träumen manipuliert!“

Leif nickte. „Das hat sie sogar ganz sicher. Oder?“ Er blickte Jingu in die Augen.

Jingu schaute beschämt zu Boden. „Natürlich habe ich das, aber nicht so, wie ihr glaubt. Ich wollte einfach verhindern, dass ein Pirat beide Amulette in Besitz nimmt.“

Arius wollte schon wieder lospoltern, aber Leif hielt ihn zurück. „Ich glaube ihr, denn ich weiß genau, in welchem meiner Träume sie war. Es war ein furchtbarer Traum und er hätte mich wirklich fast davon abgehalten, Curly zu vertrauen. Aber so schlimm dieser Traum auch war, kein weiterer hat mich so getroffen und verfolgt. Deshalb glaube ich, dass Jingu in keinem weiteren meiner Träume war. Und wenn es stimmt, dass die Amulette nicht ohne den Willen seines Besitzers von ihnen getrennt werden können, dann hätte es ihr ja auch nichts genutzt."

Arius war sich immer noch nicht sicher. Wie konnte Leif einfach so, nach all dem Schrecklichen, das er und sein Volk durchgemacht hatten, einer Fremden trauen?

Der Nordmann schien seine Gedanken zu erraten. „Manchmal muss man einfach Vertrauen haben. Hätte ich Curly nicht trotz des furchtbaren Traums vertraut, stände mein Volk immer noch unter diesem dunklen Fluch."

Ocean klopfte Leif auf die Schulter. „I-ich sehe das wie Leif. Wenn man sich großen Aufgaben stellen will, muss man auch mal etwas riskieren. J-Jingu, wie siehst du das?"

Die Mienai war irritiert. Die Idee war gut, aber es war für sie ungewohnt, sich nicht allein ihrer Aufgabe zu stellen. Aber anscheinend war es die einzige Möglichkeit, jetzt noch die Amulette zu retten. „Na gut. Ich komme mit euch. Aber ihr müsst mir versprechen, dass ihr die Existenz meines Volkes und deren Fähigkeiten für euch behaltet. Ich möchte nicht in die Geschichtsbücher eingehen als das Mienai, das am Untergang der Amulett-Hüter Schuld war."

Saria reichte ihr die Hand. „Versprochen! Du hast ja keine Ahnung, wie viele Geheimnisse diese Crew schon mit sich schleppt. Da kommt es auf das eine oder andere auch nicht mehr darauf an."

Mit ihrer flapsigen Art schaffte es Saria wieder einmal, alle zum Lachen zu bringen. Die Freunde wurden wieder lockerer und alle tauschten sich nun auf freundlichere Art aus.

Doch plötzlich wurde Arius ganz leise und schien wie abwesend. In seinem Kopf bildeten sich wieder dunkle Bilder, Bilder aus einer anderen Welt.

KAPITEL XXII

Eine neue Aufgabe

Von einem Moment auf den anderen sackte Arius in sich zusammen. Er atmete schwer und tief durch, um seinen Herzschlag zu beruhigen. Saria stürzte zu ihrem Bruder und Tail, die neben ihm saß, und legte ihre Hand auf seine Wange. „Shadow, komm zu uns zurück."

Schließlich öffnete er seine Augen. Ein paar Augenblicke benötigte er noch, um die Gedanken zu sortieren. Alle waren gespannt, was Arius wieder gesehen hatte, aber sie ließen ihm die Zeit.

Als er schließlich wieder zu Atem gekommen war, begann er von allein zu erzählen. „Ich habe ihn wieder gesehen. Ashdust. Ich habe nochmals das Amulett gesehen. Diesmal bin ich mir ganz sicher, es war das dritte magische Amulett. Es hat dem von Saria sehr geähnelt. Aber es hatte eine Sonne in der Mitte und links und rechts wurde es von zwei Drachen verschlossen."

Ocean schnaubte wütend. Auch für ihn war es eine persönliche Sache geworden, seit er wusste, dass dieser Elementarier dafür verantwortlich war, dass sein Vater und er selbst stumm gewesen waren. „A-also wissen wir jetzt mit Sicherheit, dass er es hat. Aber wie sollen wir ihn finden? L-Leif, weißt du, wohin er gegangen sein könnte?"

„Nein. Wie bereits gesagt weiß ich nur, dass er sich auf die Suche nach dem dritten Amulett gemacht hat, aber nicht wohin."

„Was ist mit den Inschriften in deinem Amulett? Hast du es schon einmal geöffnet?", fragte Saria nach kurzem Überlegen.

„Ja, aber ich konnte sie nicht lesen."

Saria wollte Leif schon erklären, wie die Inschriften der Amulette funktionierten, aber Jingu kam ihr zuvor. „Das ist das Amulett des immerwährenden Eises, du musst es auf Eis legen, um es zu lesen."

Jingu nahm das Amulett ab und legte es auf den Boden. Zart strich sie über das Amulett und mit einem metallischen Klicken öffnete es sich. Saria staunte, diese Mienai wussten anscheinend wirklich gut Bescheid über die Amulette.

Auch in diesem Amulett waren drei Zeichen zu sehen, aber sie ähnelten nicht denen aus Sarias Amulett. Am Anfang waren sie kaum zu lesen, aber dann spiegelten sie sich im Eis.

Leif staunte. „Jetzt kann ich sie lesen! Das ist eine altnordische Schrift. Die Zeichen stehen für Fruchtbarkeit, Ruhe und Wärme."

Saria strahlte. „Das ist eine neue Information! Denn meine Runen stehen für Meer, Eis und Sonne. Aber Jingu, sag, du weißt so viel über die Amulette, wusstest du nicht schon vorher, was drinnen steht?"

„Nein. Die Inschriften kennt immer nur derjenige, der die Amulette erfolgreich an einen sicheren Platz zurückbringt, und das ist mir bis jetzt noch nicht gelungen. Aber ich kann euch sagen, dass die Inschriften zusammengehören."

Die Crew horchte auf. Was meinte das Mienai damit?

„Das Meer und die Fruchtbarkeit, das Eis und die Ruhe, die Sonne und die Wärme. Sie alle gehören zusammen, so wie die Amulette."

Ocean hatte eine weitere Frage. „D-das ist sehr interessant, aber hilft es uns weiter auf der Suche nach dem dritten Amulett?"

Jingu schaute betroffen und hängte sich das Amulett wieder um den Hals. „Leider nein. Da sind wir kein Stück weiter."

Feather schaute zu Arius. „Hast du in deinen Visionen etwas gesehen, das dir verraten könnte, wo Asdust ist?"

„Nicht viel. Die Bilder sind teils verschwommen und manchmal gehen sie ineinander über, als würden sich Erinnerungen mit aktuellen Ereignissen mischen. Ich habe viel Goldfarbenes gesehen und große Marmorsäulen, aber das wird auch nicht viel helfen."

Die Freunde dachten nach. Gold und Säulen klangen nicht gerade nach einem einfachen Piratendorf, aber richtige Informationen waren es auch nicht.

„Komm, Shadow, denk nach, vielleicht fällt dir noch was ein, auch etwas, das dir vielleicht nicht wichtig erscheint." Fireeye wollte unbedingt mehr erfahren.

Arius dachte eine Weile nach. „Da war schon was, aber das war sicher nur sinnbildlich, denn so etwas gibt es ja gar nicht."

Jingu wurde hellhörig. „Was hast du gesehen? Sag es uns."

„Einmal stand Ashdust bei einer seltsamen Säule, zumindest dachte ich, es wäre eine Säule. Aber als ich daran hochblickte, sah ich einen goldenen Drachen."

Darksoul japste. „Einen Drachen! Du meinst eine Drachen-Statue. Drachen sind doch schon lange ausgestorben."

Arius hob die Schultern. „Nein, es war ein lebendiger Drache. Aber wie gesagt, es war sicher nur so ein Bild, nicht die Realität."

Jingu aber wurde nachdenklich. „Vielleicht ja auch nicht."

Die Freunde starrten in ihre Richtung. Hatten sie sich verhört? Jingu aber stand auf und schaute in die Ferne. „Es gibt einen Ort, wo es der Legende nach noch Drachen gibt, und es wäre der perfekte Ort für das dritte Amulett."

„Welcher Ort?" Saria platzte fast vor Neugier.

Die Mienai drehte sich zu ihren neuen Mitstreitern. „Die goldene Stadt, Lucens Aurum."

Leif schnappte erstaunt nach Luft. „Ich dachte, die Stadt wäre nur eine Legende oder ein Ort, an den die Verstorbenen gehen."

Jingu nickte. „Ja, so ist es. Aber wenn Shadow diese Vision hatte, dann gibt es nur diesen einen Ort, an dem Ashdust sein kann."

Nun meldete sich auch Darksoul zu Wort: „Aber wie kommen wir in eine Stadt, die es eigentlich gar nicht gibt?"

„Eine gute Frage." Jingu dachte nach. „Ich weiß es noch nicht. Aber Shadow wird unser Schlüssel sein, vielleicht erfahren wir durch seine Verbindung mehr."

Ocean stand auf. „A-aber als Erstes müssen wir zurück auf die Elementia und neue Vorräte besorgen. W-wir brauchen Essen und Munition und wir müssen einen neuen Kurs finden."

Leif bot an, ihnen etwas von ihren Lebensmitteln mitzugeben, und dankend nahm die Crew an. Denn selbst bis zur nächsten Insel war es noch eine weite Reise und ihre Vorräte waren fast komplett erschöpft. Zudem hatten sie nun einen zusätzlichen Passagier.

Doch damit stand ihnen auch eine Trennung bevor. Diese eisige Insel hatte ihnen so viel abverlangt. Aber sie hat sie auch zusammengeschweißt und sie hatten neue Freunde gefunden. Umso schwerer fiel es der Crew, sich nun von Leif und seinem Volk zu verabschieden. Saria umarmte den Nordmann, der prompt rot wurde. „Ich wünsche dir alles Gute, Leif! Vielleicht sehen wir uns eines Tages wieder."

„Das hoffe ich doch. Ich wünsche euch alles Glück und dass ihr euer Ziel erreicht und diese Herausforderung heil übersteht."

Auch die übrigen Crew-Mitglieder verabschiedeten sich bei Leif und seinem Volk. Nur Jingu hielt sich im Dunkeln, schließlich wollte sie nicht, dass noch mehr von ihr erfuhren. Es war ein komisches Gefühl, nicht mehr auf sich allein gestellt zu sein. Irgendwie warm, aber auch beängstigend. Sie hoffte so sehr, dass sich alles zum Guten wenden würde. Sie durfte nicht in die Geschichte eingehen als das Mienai, das die Amulette verlor.

Die Freunde kehrten zu Jingu zurück und zusammen machten sie sich auf den Weg in ihre Höhle. Dort wollten sie noch die Nacht verbringen und am nächsten Morgen auf die Elementia zurückkehren.

KAPITEL XXIII

Der Sonne entgegen

Der Weg in Richtung Küste war derselbe, den sie vor Tagen gekommen waren, aber irgendwie schien er anders. Zuerst verstanden die Freunde nicht warum, aber dann bemerkten sie es. Die Luft war milder und die Schneedecke schien sich zurückzuziehen und den Blick auf den kargen Boden freizugeben. Anscheinend brach zum ersten Mal seit Langem ein arktischer Sommer an.

Was würde wohl mit den Eisskulpturen passieren, die eigentlich keine waren? Würden sie einfach schmelzen und nichts würde übrig bleiben? Oder war doch noch Leben in ihnen? Vielleicht würden sie es eines Tages erfahren. Aber nun mussten sie weiter.

Die Elementia lag friedlich am Anlegeplatz, so wie die Crew sie verlassen hatte. Lediglich eine leichte Schneehaube ruhte auf dem Deck. Es war ein seltsames Bild, so friedlich, als wäre nichts geschehen.

Die Crew machte sich daran, alle Vorbereitungen für das Ablegen zu treffen. Die Feuerbeschwörer mussten rings um das Schiff mithilfe ihrer Feuerkraft das Eis schmelzen, denn die Elementia war inzwischen festgefroren. Ocean ging in die Kabine, um sich die Karten anzusehen, und Tail, Feather und Jingu kümmerten sich um die Segel und Taue.

Während die Elementia ablegte, begab sich Arius an den Bug des Schiffs. Er konnte und wollte einfach nicht glauben, was er im Innersten mit Sicherheit wusste. Ein dunkler Magier war sein Vater. Er wollte unbedingt mehr über ihn herausfinden, auch wenn ihm das nicht gefallen würde. Es war beängstigend zu wissen, dass sie Ashdust bald gegenübertreten wollten, unwissend, wie groß seine Macht wohl sein mochte. Arius war sich aber einer Sache sicher: Hinterher würde er wissen, wer er war, und das war ein beruhigendes Gefühl. So oder so.

Saria wäre am liebsten direkt ins Meer gesprungen, um sich um sein Wohlbefinden zu kümmern, aber das Wasser war hier einfach noch zu kalt. Doch Najade machte die Kälte nichts aus, also entschieden sie, dass der Oceanix sich für Saria in den Tiefen umsehen sollte. Sie selbst stieg hinab in die Kajüten. Sie verspürte den Drang, all das Erlebte in ihr Logbuch zu schreiben.

Der gewohnte Anblick ihres Buches auf dem Tisch mit den vielen Kerzen fühlte sich wunderbar heimelig an. Saria entzündete die Kerzen, nahm die Feder zur Hand und schlug das Buch auf. Ein wohliges Gefühl überkam sie, sobald sie begann, das Vergangene niederzuschreiben. Tinte auf Papier. Die Elementia und dieser kleine Tisch mit dem Logbuch lagen ihr sehr am Herzen und so fühlte sich das Schreiben wie Nachhausekommen an.

Schließlich schlug Saria die nächste freie Seite des Logbuchs auf und begann den Eintrag für diesen Tag zu verfassen:

Logbucheintrag, Sonntag, 28. April

Die Elementia sticht endlich wieder in See. In den vergangenen Wochen haben sich die Ereignisse überschlagen und uns erneut alles abverlangt. Wir mussten unlösbare Aufgaben bestehen, fanden neue Verbündete und blickten sogar dem Tod in sein eisiges Gesicht. Kurz sah ich uns verloren, aber das Geheimnis um die Amulette hat uns immer wieder Kraft gegeben weiterzumachen. Wir haben so viel Neues erfahren und einige von uns haben alte Fesseln abgelegt. Nun steht uns ein neues Abenteuer bevor und wie immer zähle ich auf meine Gefährten. Ihnen vertraue ich blind, ja ich würde sogar durch die Hölle mit ihnen gehen. Aber wie sollen wir unser neues Ziel nur finden?

Saria legte die Feder beiseite und seufzte. Dieses Abenteuer würde ihnen wieder alles abverlangen. Ob sie genügend Kraft aufbringen konnten, um Ashdust zu besiegen? Sie blies die Kerzen aus und ging zurück an Deck.

So wie es ihre Aufgabe war, begab Saria sich in den Ausguck. Geübt kletterte sie nach oben. Als sie sich in das Krähennest hineinschwang, stutzte sie jedoch, denn im Ausguck stand bereits Jingu.

„Was machst du denn hier? Hast du nicht andere Aufgaben?"

„Ja, ich bin an Deck eingeteilt, aber ich wollte kurz mit dir allein sprechen."

Das erweckte Sarias Aufmerksamkeit. „Was willst du mit mir besprechen? Warum sollen es die anderen nicht hören?“

Jingu fasste an ihr Amulett. „Wir zwei sind nun die Träger der Amulette und das birgt große Verantwortung. Ich weiß, du hast deines schon länger, aber ich weiß auch, dass du noch sehr wenig darüber weißt. Ich kenne die Macht der Amulette, auch wenn ich sie sicher nicht richtig beherrschen kann. Das konnten in ihrer ganzen Fülle nur die Urwesen. Aber ich kann dir helfen, eine bessere Verbindung zu deinem Amulett herzustellen.“

Saria schaute dieses seltsame Mädchen skeptisch an. „Aber wieso sollen die anderen das nicht wissen?“

Jingu wog den Kopf hin und her. „Am liebsten würde ich nicht einmal dir mehr über diese wertvollen Amulette erzählen. Aber wenn wir nach Lucens Aurum wollen, um Ashdust zu besiegen, musst du wissen, wie du die Macht einsetzen kannst. Kannst du mir versprechen, dass du niemandem beibringst, wie er die Macht der Amulette nutzen kann?“

Saria wollte eigentlich keine Geheimnisse vor ihren Freunden und schon gar nicht vor Arius haben, aber sie verstand, dass diese Sache wichtiger war als sie selbst. „Na gut, ich verspreche es dir!“

Jingu drückte Saria an sich. Sie fühlte sich überrumpelt, denn so etwas hatte sie nicht erwartet. Doch die Umarmung löste noch etwas anders aus, denn in dem Moment, in dem sich die beiden Mädchen umarmten, stießen die beiden Amulette aneinander. Ein Leuchten umspielte die beiden Amulette und eine sanfte Melodie erklang, die durch einen warmen Windstoß erzeugt wurde. Die Amulette schienen miteinander zu kommunizieren. Eine besondere Magie verband sie miteinander.

Saria schaute Jingu mit großen Augen an. War das die Lösung? Waren am Ende alle drei Amulette magisch verbunden? Würden ihre beiden Amulette sie zu Ashdust führen? Saria war voller Hoffnung, aber gleichzeitig lief es ihr eiskalt den Rücken hinunter. Hoffentlich segelten sie nicht geradewegs ins Verderben und hoffentlich vertrauten sie den Richtigen. Doch ihre Amulette und ihre Magie würden sie schon lenken und die neuen Gefährten würden ihnen zusätzlich Kraft schenken. Denn am Ende zählte wie so oft nur eins: Sie trugen Mut in ihren Seelen und die Piratenflagge im Herzen.

Ende!

Epilog

Die Legende von Vodrellā, Is und Shams

Einst, am Anbeginn der Zeit, gab es nichts als karges, steiniges Land. Nur Staub und Fels, kein Leben und kein Sein. Eines Tages aber entsprang Vodrellā, das Urwesen des Wassers, einer kleinen Quelle. Zuerst tänzelte nur ein einziges kleines Bächlein durch die ansonsten so trostlose Welt. Doch von Tag zu Tag erwuchsen mehr Flüsse daraus und schließlich auch Seen und Meere. Das Wasser speiste das karge Land und machte es fruchtbar. Eins nach dem anderen steckten kleine Sprösslinge ihre Köpfe aus dem Boden. Doch die Sprösslinge wollte nicht so recht gedeihen. Etwas schien zu fehlen. Nach einiger Zeit wurden die Seen und Bäche kleiner und das Land trocknete wieder aus. Das Wasser musste seinen Weg vom Meer ans Land finden. Zu dieser Zeit gebar der Himmel ein neues Urwesen, Shams. Das Urwesen der Sonne. Durch seinen goldenen Schein lockte es das Wasser in den Himmel. Tropfen für Tropfen folgte es dem Ruf von Shams. Das Urwesen füllte das Wasser in Wolken und schickte es aufs Land. Dort verteilten sich die Tropfen über die ausgetrockneten Seen und Flüsse und füllten sie wieder auf. Gras wuchs, Bäume ragten in den Himmel und sogar Getreide, Obst und Gemüse konnten gedeihen. So war der Kreislauf geschlossen. Vodrellā und Shams vollführten ihre Aufgaben in stetiger Harmonie und schafften ein wunderbares Land, Calvaria. Doch mit der Zeit wurden sie müde. Ständig war das Wasser in Bewegung und sie konnten sich niemals ausruhen. So riefen sie um Hilfe und es wurde ein drittes Urwesen geboren, Is. Seine kalten Kräfte schafften es, Wasser und Land in einen eisigen Schlaf zu versetzen, und so hatten Vodrellā und Shams endlich Zeit, sich auszuruhen. Denn nur wer sich ausruht, kann auch wieder neue Kräfte sammeln. Sobald sich Shams und Vodrellā genügend ausgeruht hatten, zog sich Is zurück und ihr Tanz begann aufs Neue. Bis sie wieder müde wurden und Is sie zur Ruhe kommen ließ. Zusammen erschufen sie drei Amulette. Sie trugen sie stets tief in ihrem Inneren und mit ihnen konnten sie untereinander verbunden bleiben, auch wenn sie weit voneinander entfernt waren. Die Amulette halfen ihnen auch, ihre Kräfte zu bündeln, wenn die Aufgaben schwieriger wurden. Denn nach vielen, vielen Jahrhunderten kamen erste Menschen nach Calvaria, besondere Piraten mit magischen Fähigkeiten. Da Menschen und besonders Piraten ihr eigenes Wohl meist über das der anderen stellen, lag es an ihnen, sie ihrer Grenzen bewusst zu machen. Doch nicht nur ihre Amulette halfen ihnen dabei, auch ein besonderes Volk. Niemand sollte von diesen Beschützern erfahren, deshalb kannte niemand den richtigen Namen dieses Volkes, aber man sagte, es wären Traumwandler. Zusammen hielten sie das Gleichgewicht in Calvaria. Und sollte dieses Gleichgewicht jemals gestört werden, würde Calvaria untergehen. So besagt es die Legende.

Danksagung

Liebe LeserInnen,
an dieser Stelle habe ich die Möglichkeit, meinen Gefährten zu danken. Denen, die sich mit mir gemeinsam immer wieder in neue Abenteuer aufmachen.

Doch zuerst möchte ich mit einer kleinen Geschichte aus meiner Kindheit beginnen …

Ich bin in einem wirklich kleinen Dorf groß geworden. Es gab keine Geschäfte, wenig Straßen und deshalb auch wenig Verkehr. So konnten wir Kinder den ganzen Tag draußen spielen. Das klingt jetzt so, als wäre das alles hundert Jahre her, aber in Wirklichkeit ist dies hier in Südtirol auch heute noch in sehr vielen Dörfern so. In den Ferien trafen wir uns am Morgen und gingen erst wieder heim, wenn es dunkel wurde oder uns die Mütter zum Essen riefen. Wir waren wild und frei. Wir stiegen auf Bäume und kletterten über Felsen. Wir spielten Fangen und fuhren mit unseren Fahrrädern um die Wette.

Am Dorfrand gab es einen lehmigen Erdhügel; dort liebten wir es, für unsere kleinen Spielautos Straßen, Höhlen und ganze Städte zu errichten. Ein toller Platz zum Spielen! Aber die Sache hatte einen Haken. Denn diesen Ort erreichte man nur schwer. Man musste zuerst auf einen steilen Stein klettern, von dort Schwung nehmen und mit vollem Karacho loslaufen. Mit diesem Schwung musste man nun versuchen, die steile Wand gegenüber zu erklimmen. Fast so wie bei Ninja Warrior. Die großen Jungs schafften es meist beim ersten Mal. Den Kleineren unter uns fiel es oft schwer. Viele sagten dann einfach: „Ach, ich geh' nach Hause, ich habe eh keine Lust zu spielen." Sie trauten sich nicht, es zu versuchen. Sie hatten Angst zu versagen. Angst hatte ich auch jedes Mal, aber ich habe es trotzdem versucht. Immer mit klopfendem Herzen. Manchmal hat es auf Anhieb geklappt. Manchmal bin ich hingefallen und musste es nochmals probieren. Aber jedes Mal, wenn ich atemlos auf dem gegenüberliegenden Hügel angekommen war, fühlte ich mich stolz und glücklich!

Jetzt werdet ihr euch denken, warum schreibt sie diese Geschichte in ihre Danksagung? Für mich ist jedes neue Buch wie dieser Hügel aus meiner Kindheit. Eine Herausforderung, eine Prüfung, die manchmal Angst machen kann, aber am Ende einen einfach nur glücklich macht. Da diese Reise zum fertigen Buch aber viel länger ist als das Erklimmen des gegenüberliegenden Hügels, sind mir meine Gefährten auch so wichtig …

Deshalb komme ich nun endlich zum eigentlichen Zweck dieser Zeilen:

Als Erstes danke ich *meinem Mann und meinen Kindern*. Ihr seid das Wichtigste in meinem Leben. Danke, dass ihr es nie leid werdet, die Welt von Calvaria zu diskutieren und Textpassagen Probe zu lesen. Eure Ideen und eure Unterstützung sind mir sehr wichtig. Es ist, als gäbt ihr mir den nötigen Schubs, es auf die andere Seite zu schaffen.

Ein weiterer Dank geht an *meine Verlegerin*. Dank deiner unermüdlichen Arbeit und deiner Liebe zu meinen Geschichten können unsere Bücher über sich hinauswachsen. Ich bin so dankbar, dass ich einen Verlag gefunden habe, der für mich ein richtiges Zuhause geworden ist.

Ein großer Dank geht natürlich an *dich*! Ohne euch LeserInnen könnten wir Autor/innen nicht schreiben. Danke, dass du Arius, Saria und die elementaren Sieben in ihren Abenteuern begleitest. Ich freue mich, dass ich dir ein paar fantastische Lesestunden bescheren durfte.

Auf bald,
deine R. F. Tintenheld

DIE VÖLKER VON CALVARIA

Der Ruf der Gezeiten

Calvaria, das Land der Piratenvölker!
Eine Welt voller Gegensätze, magischer
Kreaturen und besonderen Fähigkeiten.
Und es gilt nur eine Regel:
Befolge den Kodex!

Die Geschwister Arius und Saria Vane
müssen wie alle Calvarier eine Prüfung
durchlaufen, um rechtmäßige Piraten zu
werden. So fordert es der Piratenkodex.

Aber was, wenn plötzlich die
kodexverachtenden Feueraugen zwei
Kandidaten zur Prüfung stellen und ein
magisches Logbuch nichts Gutes verspricht?

Während die Kandidaten eine Prüfung
nach der anderen bestehen, decken sie
unglaubliche Geheimnisse auf.
Ihr Kampf für die Freiheit von Calvaria
beginnt und Arius und Saria merken,
dass weit mehr in ihnen steckt,
als sie immer geglaubt hatten.

BAND 1

Die Abenteuer voller Gefahren, fantastischer Orte und besonderer Freundschaften beginnen!

DER EISIGE NORDEN
- unbekannt & gefährlich -

WINDLAND
- Aperi alas -

AQUASIA
- Profundum in mare -

CALVARIS

CA

CALVAR

TROCKENLAND
- Ad solem -